新媒體判讀力

用科學思惟讓假新聞無所遁形

6種做假手法、
8種不得不當心的廣告伎倆、
25種假新聞類型，
一次告訴你！

目次

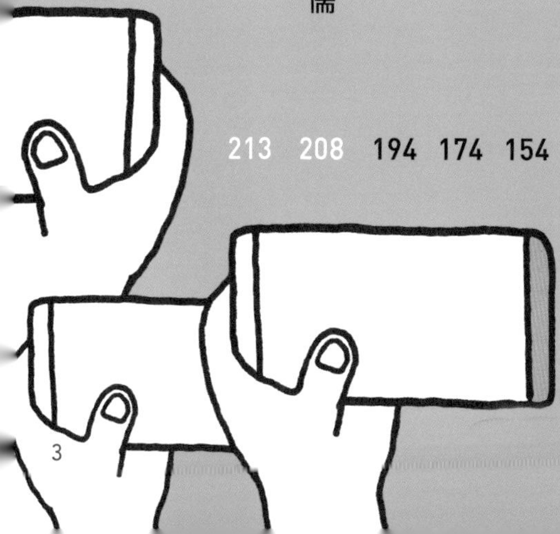

推薦序

從「什麼是假新聞」到「假新聞何時開始」

吳豐維
中國文化大學哲學系副教授
臺灣高中哲學教育推廣學會理事長

什麼是新聞（news）？顧名思義，新聞是特別強調「當下性」與「即時性」的資訊類型。因為搶快、求新的時間特性，讓人忽略了新聞的背後，其實藏著複雜的產製與消費流程。那是漫長與多方協力的過程，鑲嵌在由記者、編輯檯、廣告部門、媒體所有人、消息來源、廣告業主、系統業者、網路平臺到最末端閱聽人共同串連起的複雜生態。任何一個環節出差錯，都可能導致真相的誤聽、誤導、誤信與誤傳。假新聞的出現，不會只是結果，而是一整個過程都有連帶關係。因此，我們要追問的恐怕不只是「什麼是假新聞」（what is fake news），也必須包括「假新聞何時開始」（when is fake news）。

如何在假新聞產製與消費的多重環節裡偵錯，並加以導正？這一直是困擾學界、媒體與主管機關的難題，因為檢討到後來，都是整體社會的問題，你我他都是假新聞橫行的袖手旁觀人，甚至是幫兇。因此，身為閱聽人，若我們能習得判斷與解讀新聞真偽的素養，是值得開始的第一步。

在科學假新聞的研究領域裡，黃俊儒教授是臺灣用力最深的學者，他長期率領團隊監看與分析臺灣科學傳播裡的亂象，不僅提出批評也提出解方，《新媒體判讀力：用科學思惟讓假新聞無所遁形》已經是他在這幾年累積的第四本研究成果。隨著科技使用習慣的變遷，臺灣對抗假新聞的戰場，已經從平面／電子媒體這類傳統媒體，轉向了影音平臺、社群網路與通訊軟體，因此在這本新作裡，除了納入了許多新素材，也大篇幅分析了YouTube、LINE這類網路媒體或通訊軟體裡流竄的假資訊。在一篇篇有趣而深入的分析裡，我們收穫到的不只是還原真相的樂趣，更能感受到研究者嚴謹查證與追究到底的熱情。

除了偵探般的打假，本書最後的「新媒體心法」，更是值得讀者細細閱讀的章節。黃俊儒教授與團隊歸納出六種做假手法、八種不得不當心的廣告手法，更精煉了十多年研究科學假新聞的心得，區分了二十五種類型的假新聞，提出了具有學術價值的分析框架，也是你我日常生活中判讀新聞的最佳參照。

筆者在哲學系任教，深知「求真」對於人類文明的意義，如果人們對世界的認知與想像是奠基在假象與謊言之上，將不可能開展出開闊與深邃的文化。臺灣自從解嚴以來，對言論自由的保障與信仰已經根深蒂固，我們接下來的課題，是學習如何在言論的自由市場裡，辨識良幣與劣幣。要知道「假」與「偽」，不只是文明之敵，也是民主之敵。

讓我們成為中斷謠言傳播的真相追求者

雷雅淇
PanSci 泛科學總編輯

兩百萬噸文旦被丟進水庫裡、地震震裂了松仁路、亞馬遜雨林大火的照片出現了無尾熊……，儘管我們都知道「假訊息」時時刻刻在身邊流竄，但每每碰到這些事件時，仍然會讓人忍不住大聲抱怨：「這未免太扯了吧！」

現在問題來了，當面對這些錯／假資訊時，你的下一步是什麼？是逆來順受？還是起兵反抗呢？在此之前我們先來看看近年來跟訊息傳播有關的研究。

從廣播、報紙、電視到如今的網際網路，資訊的傳播趨勢正往多向、多節點的網狀型態發展。根據二〇一六年的研究[1]統計，有六十二%美國成年人會透過社群媒體（social media）獲得資訊。比起過往多從報紙、電

註1
"News use across social media platforms 2016"

視或是書本中接受資訊，透過網路乍看之下有更多主動的選擇。但事實上，社群媒體、搜尋引擎等仍利用演算法決定什麼樣的資訊應該送到我們的面前，而且更不著痕跡，甚或是讓我們被「過濾氣泡」包圍而不自覺。

進一步來說，在社群媒體上真、假資訊的傳播力有何差異呢？二〇一八年，有研究團隊分析從二〇〇六年到二〇一七年在Twitter上十二．六萬則「cascades」（指的是單一起源、沒有被打斷的轉發鏈）[2]，發現了虛假訊息比真實訊息傳播得更廣：前百分之一的錯誤訊息會擴散給一千到十萬個人，但其真相卻很少擴散超過一千人。虛假訊息被轉發的可能性比真實訊息多了七〇％，且散播速度更快，不管是哪種類型的主題（自然災害、科學、都市傳說、金融資訊、政治、娛樂）皆是如此。

而在這個傳播鏈中，網路機器人對於真、假訊息的反應是相似的——表示假訊息之所以比真訊息更行更遠還生，都是因為人類的關係。假訊息到底是哪裡誘人了？此研究也用了語意分析去比較真、假訊息的閱讀情緒，

註2
"The spread of true and false news online"

發現真訊息觸發的情緒是快樂、信任，而假訊息跟真訊息相比則有更多驚訝的回覆，更能吸引人的注意力。

集體的記憶構成了歷史，而人們對歷史的理解形塑了面對未來的觀點。某方面來說，在社群媒體上那些似真似假的資訊實際上到底是真是假，對於有些人來說並不是很重要。想想假訊息和真訊息之間的傳播力落差，就不難理解為何假訊息總是打不完，它真的就像雜草一樣春風吹又生啊！

儘管你我都自詡自己不會輕易轉傳不實謠言，也是會把內容看完真心覺得不錯才真情推薦給親朋好友的閱聽人，但你想過你每天會接觸到多少資訊嗎？真的有辦法每一則都好好判讀嗎？如果人們已然習慣跟假訊息為伍，且在不知不覺耳濡目染，就會如同許多心理學研究悲觀的結論：如果最初接觸的是錯誤的資訊，在後續的過程中其實很難去糾正這個錯誤，甚至有可能會加深偏誤。在這樣艱困的傳播環境之中，我們真的能有還手的餘地嗎？

還好還好，你打開了這本書。

從《新時代判讀力》開始，黃俊儒老師以及所帶領的科學新聞解剖室團隊便以「媒體判讀力」以及「科學判讀力」的角度，帶領讀者在資訊紛擾的時代裡，學會擁有這兩把相當重要的手術刀，讓我們在面對各式訊息的時候，有能力先打開它炫目的包裝，仔細端詳裡面的糖果，確定它可以入口之後再大快朵頤。

對於會渲染情緒的訊息先停看聽，對眼前的資訊充滿質疑，不要輕易相信專家（尤其當他是全知全能的時候更要如此）；並且在能力許可的情況下，盡量拿起你的「判讀力」手術刀去層層剖析。經過不斷練習，愈來愈有「判讀力」時，你就會愈來愈不被眼前斷章取義、誇大不實、下錯結論的惡質資訊所誤導。

物質的傳遞需要介質，謠言也是，缺乏傳播者它也無法不脛而走。不要讓自己成為科學偽新聞的傳播介質，而是反過來，讓我們一起成為在後真相時代裡仍然願意追求真相的人吧！

十種科學假新聞的類型

——開始解剖前的基本認識

中颱梅姬以每秒21公里 向西北西前進
理科男
這樣時速是 1260km....
10秒後
咻～
??
beat.
中颱梅姬中心已通過台灣 陸警解除

1 理論錯誤

因為記者對於科學知識的不熟悉，使得科學新聞出現理論錯誤、翻譯錯誤，或明顯的迷信、偽科學的狀況。

2 關係錯置

科學新聞在援用數據的過程中，出現混淆比例關係、數字灌水，甚至是倒因為果的述說方式。

3 不懂保留

報導新聞時，因為忽略科技社會的不確定性，導致以過於篤定的口吻報導不太確定或未定論的事件。

科學研究：早上運動燃脂效果加倍！
研究：運動前喝咖啡預防皮膚癌！
美政府研究：手機電磁波會致癌！
再幫我多找一些老鼠實驗....
新聞編輯台
beat.

4 多重災難

編譯國外科學新聞的過程中，因為層層轉譯的疏失，造成該報導與原始研究意義差距甚大的現象。

5 忽冷忽熱

新聞報導中忽略科學研究的局限，造成報導論點反覆，一下子這樣，一下子又那樣，就像洗三溫暖般忽冷忽熱的現象。

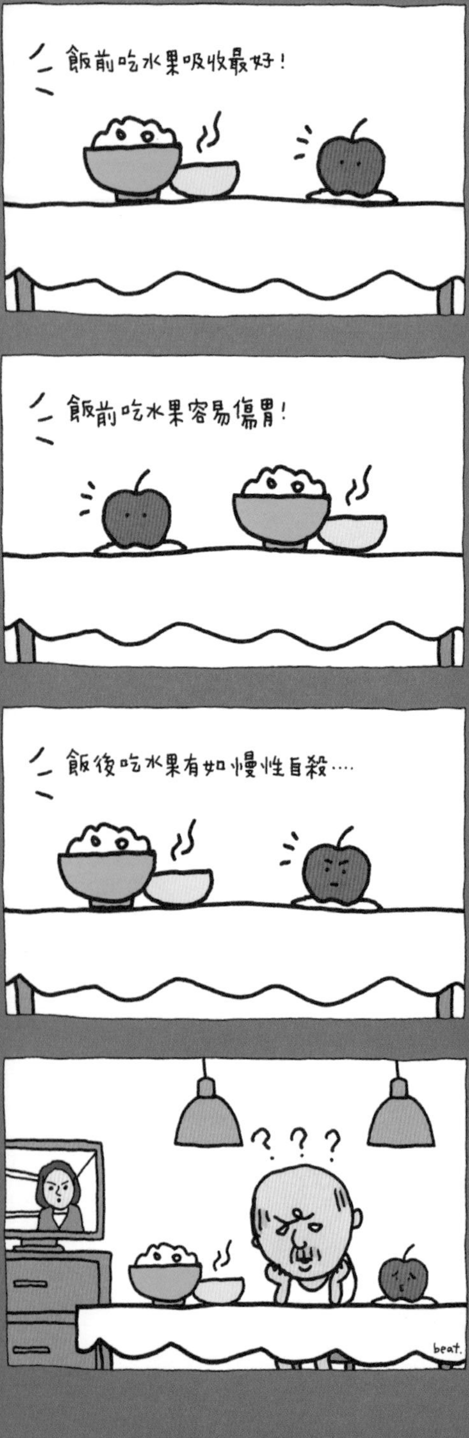

6 忽略過程

科學新聞中重視給予讀者聳動的印象，卻忽略交代研究或實驗等實際的過程，導致結論失真或大異其趣。

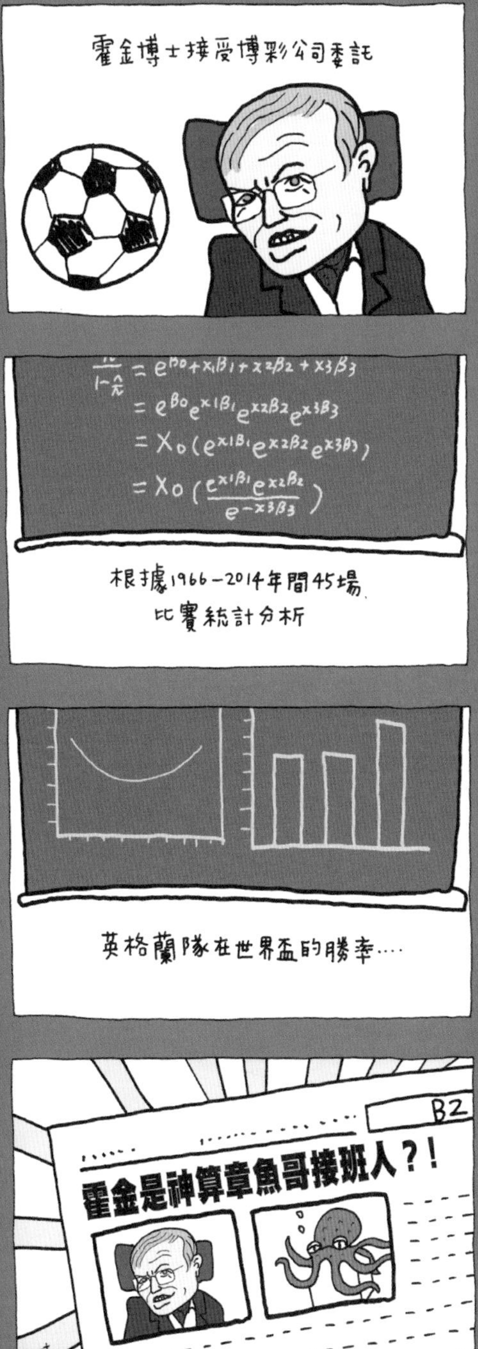

7 便宜行事

新聞中美其名以科學來針砭時事，事實上僅是用最簡單與便宜的論點在關照雞毛蒜皮的小事，柿子挑軟的吃。

8 官商互惠

科學與媒體之間基於互相幫襯的關係，彼此依存與拉抬，當共存共榮時是好事，當有置入性行銷之嫌時則需避免。

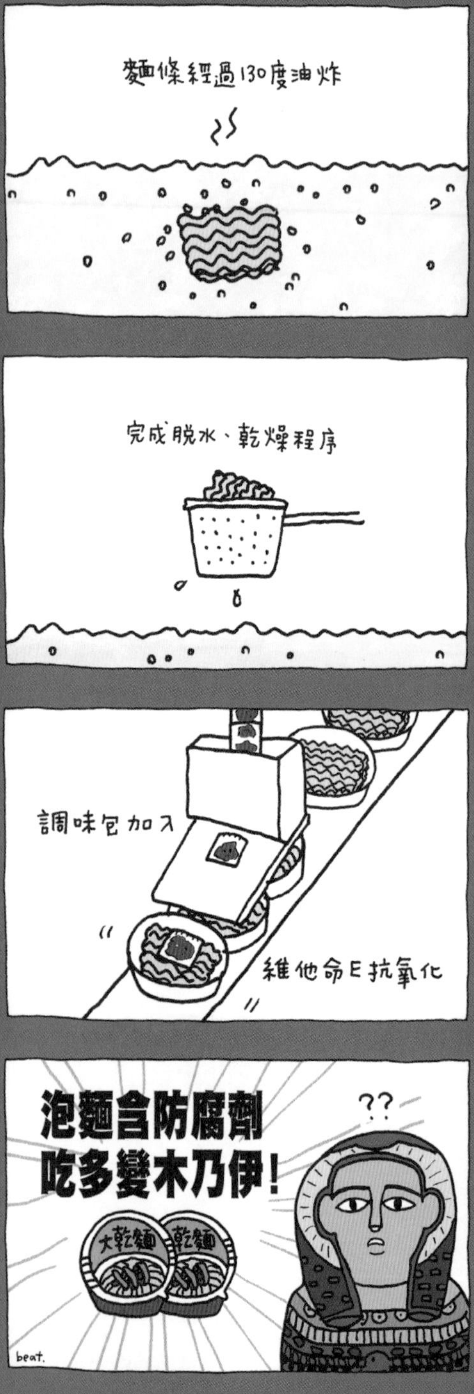
麵條經過130度油炸
完成脫水、乾燥程序
調味包加入
維他命E抗氧化
泡麵含防腐劑
吃多變木乃伊！
??
大乾麵
乾麵
beat.

9 名不符實

科學新聞產製過程中，由於使用編採分離的製作方式，可能使得標題和內文之間產生落差或矛盾的情形。

10 戲劇效果

科學新聞中摻雜太多煽情的元素，導致過度情緒化或泛政治化，因而模糊真實科學樣貌的情形。

第一單元

走調科學家

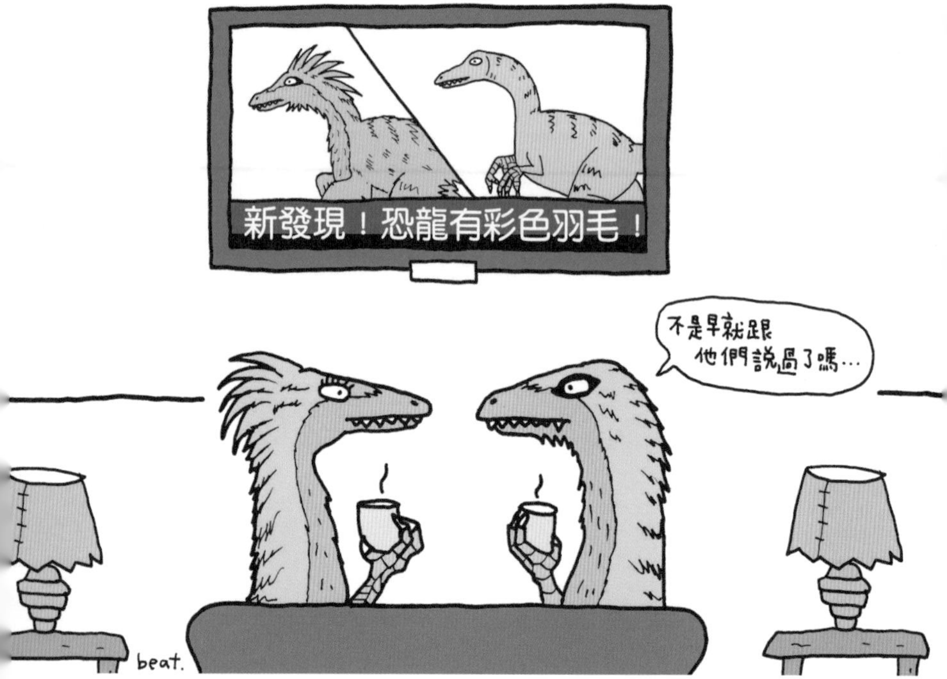
新發現！恐龍有彩色羽毛！
不是早就跟他們說過了嗎…
beat.

1-1

親愛的，我把恐龍變彩色了?!

案情：誰殺了臺灣之光？

二〇一五年三月二日那一天，相信一大早看報紙的人都會驚呼頭版上大大標題寫著一則難得的本土科學新聞：〈恐龍原來有彩色羽毛！〉[1]，報導中提及，赴德國波昂大學攻讀博士的成大學生與該校恐龍研究團隊發現，恐龍不但有羽毛，而且是彩色動物，相關的研究結果更登上美國《科學》（*Science*）期刊。沒有三兩三可不容易登上《科學》啊，看到這裡，連解剖員也忍不住讚嘆！想像著色彩斑斕的恐龍身影，這不叫臺灣之光什麼才叫臺灣之光！

只是好景不長，這一則報導在該名臺灣研究生的抗議之下，只活了短短一天就從網路下架，從此銷聲匿跡。幸好解剖員還保留了當天的紙本報紙，可以聊供回顧。但到底發生了什麼問題？是誰謀殺了解剖員望眼欲穿的科學臺灣之光？

註1 《聯合報》

解剖：新聞如何傷害科學？

一、恐龍今天才變彩色嗎？

有關這篇報導的科學錯誤，這名科學當事人（應該是受害人）當時已在自己的Facebook做出聲明，而這些說明剛好指出了許多媒體因為對於科學社群運作方式的不瞭解而容易犯下的錯誤，我們將它分類整理如下：

(一)對科學文章的類型傻傻分不清楚：

國內媒體常常會（語帶興奮地）強調XX大學的研究團隊成果登上《自然》(*Nature*)或《科學》雜誌，你不要以為國人的研究登上這兩本期刊就要舉國歡騰，雜誌裡面可還有分門別類喔！以這篇報導提及的文章為例，該文章屬於「觀點文章」(perspectives)，並非「研究論文」(research article)。許多國際期刊都會針對內容加以區分，在《科學》雜誌裡，「研究論文」才是完整學術界所認可，「觀點文章」的內容往往是具有前瞻性，但還需要被進一步檢驗與佐證。

(二) 無中生有：

這篇報導裡面有許多無中生有的科學錯誤，例如「該研究團隊研究發現，恐龍不但是有羽毛的，且是彩色動物。」錯！這是早都已經知道的科學事實。再例如「這項研究獲得美國《科學》期刊認可發表，引起古生物學界熱議，當期期刊為了這項發現，還以有遠古血統的『麝雉』為封

二〇一四年十二月號的《科學》期刊，封面為麝雉特寫。／science.sciencemag.org

面。」錯！當事人在聲明稿中提到：「這個封面只是讓我們知道，恐龍很有可能如同麝雉一般，全身色彩斑斕。」還有，搞半天，這位臺灣研究生根本並未掛名在該篇文章[2]中，旁邊的人到底是在幫忙 high 什麼？

(三) 畫錯重點：

《科學》那一篇文章的內容主要聚焦在恐龍「羽毛」的功能，推論恐龍身上的羽毛很有可能不是為了飛行而演化出來，而是基於展示或是其他原因。但是新聞報導卻把重點畫成研究團隊利用電腦3D技術，畫出全球第一隻彩色恐龍，讓讀者以為該期《科學》封面上那一隻色彩繽紛的「麝雉」就是該團隊所畫。事實上，利用3D方式來建立全身披滿彩色羽毛的恐龍，才是臺灣研究生指出未來希望進行的工作，而非文章所提到的成果與主題。

註2 "Beyond the rainbow"

二、科學家為何要聯絡記者？

看到這裡你或許會好奇，如果臺灣的記者報導向來讓科學家有這麼多不放心的話，當時為何會有科學家聯繫記者報導呢？媒體需要科學新聞或是地方的新鮮事來妝點門面，科學家圖的又是什麼呢？

追查這起事件的來龍去脈，原來是這位臺灣研究生休假回國時拜訪過去的碩士指導老師，是這位老師協助牽線記者後才進行了報導。指導老師聯繫記者報導的動機有許多可能性，為學生好、為學校好、為自己的單位好、為整體的學門領域好、為社會好，或是為自己好……都有可能。畢竟現在的科技研發與過去不同，需要取得經費，因此動輒要被檢視 KPI、影響力、計畫成果、貢獻，科學成果若有了「能見度」，可以換算成許多意想不到的有形或無形好處。

但是多數科學家在面對媒體時，卻是又愛又恨，一方面需要媒體幫忙披露好消息，又怕記者斷章取義、扭曲事實，讓自己的聲譽毀於一旦。像這一次的苦主是正要嶄露頭角的研究新兵，如果整體事業正要起步之時，就讓學術同儕標定為臭屁、邀功、膨風、心機重，對他的傷害可想而知，也難怪他如此生氣。對於閱聽者而言，首先應該要瞭解多數科學家都很愛惜羽毛，過度膨風的報導應該不會是科學家的原意。

三、地方記者包辦所有新聞？

新聞一開始就寫著「記者○○○／臺南報導」，如果你對於新聞報導的生態敏感的話，就知道這是一篇來自於臺南地方記者所撰寫的科學新聞報導，登上了頭版——但這其實是很罕見的狀況。

進一步深究會發現這一位記者報導過的主題琳瑯滿目，選舉、體育、教育、采風……不一而足，簡單說，只要是該報社有關臺南的訊息，他全包了啦！地方記者需要負責這麼多面向，又碰上這一件十分具有專業性的科學新聞題材，出包似乎也不難預期。而且這一則新聞要從地方新聞躍上頭版新聞，想見在編輯會議中也是經過一番廝殺，才能爭取到這樣的曝光空間，實屬難得。要怪還是得怪該報社，尊重科學新聞好不好？尊重地方記者好不好？要上頭版，就多派個專業配稿來輔助及查證好不好？

四、誰在追求最新、最快、最大、最棒棒的「世界第一」？

這一篇報導的內容不只讓人誤以為該團隊是全世界第一個發現恐龍是彩色的，還提到「研究團隊利用電腦3D技術，畫出全球第一隻『彩色恐龍』」，好多個「第一」ㄟ！解剖員以前就曾聽過跑科學新聞的資深記者提及，因為臺灣的報紙向來輕忽科學新聞，所以就得硬掰一些什麼「世界第一」、「宇宙最大」的名號，才能唬過編輯，讓文章順利見報。每次聽到這種辛酸，都不免為這些第一線的科學記者掬一把同情的眼淚。想當然，這一次的報導烏龍也是在這種迷思下被催生的結果，讓科學威而鋼再次戰勝了自信心陽痿的報社編輯部。

只可惜這種一味追求最新、最快、最大的集體無知，不僅瞎掰相關的科學事實，更容易壓縮國內「正常」科學記者的寫稿空間。解剖員曾在某次會議中，聽到線上科學記者無奈地指出他們的編輯大大既要求他們用極為簡短的篇幅說明科學內容（五百字以內），又要求他們寫到連國中生也能看懂（當然「世界第一」最好懂）。搞到後來連正規的科學新聞記者也綁手綁腳，不敢挑戰深入的題材，不僅讓報紙變笨，也牽連臺灣民眾變笨。科學新聞一定要用夢幻的世界第一來虛張聲勢嗎？篇幅只能是五百字嗎？在暗夜裡吹口哨，只能用來壯膽罷了！

解剖總結：要小心「世界第一」的稱號！

在這一個案例中，首先要檢討的是媒體浮誇的特性，尤其是把科學綜藝化。難怪多數正常的科學家聽到媒體就恐慌，君不見每次出現在臺灣媒體上的科學家，總是同樣那幾位毒物專家、化學專家、病理學家、腎臟科醫生（連連看你連得出來嗎），這些熟面孔多半深諳與媒體的互動及進退之道，好處是針對一些議題立即幫助民眾監督，問題是不會有哪一個專家可以包山包海瞭解全部議題，所以有時來者不拒的發言不免言過其實。

另一方面，科學家也要具備應對媒體的素養，例如這一次案情的苦主就抱怨記者刊登前沒有讓他審稿——非也非也，臺灣不是箝制言論的地方，如果科學家的發言需要審稿之後才能刊出的話，許多科技爭議就不能被監督了！（中國的「穹頂之下」不就「被下架」了嗎？）因此科學家應該有跟媒體良好互動的能力，才能有彼此互惠的效果。在這個案例中，媒體與科學家都應該有更多的反省及學習。綜合這一次的分析，本解剖室對這一則新聞報導給予以下評價：

十五顆骷髏頭！

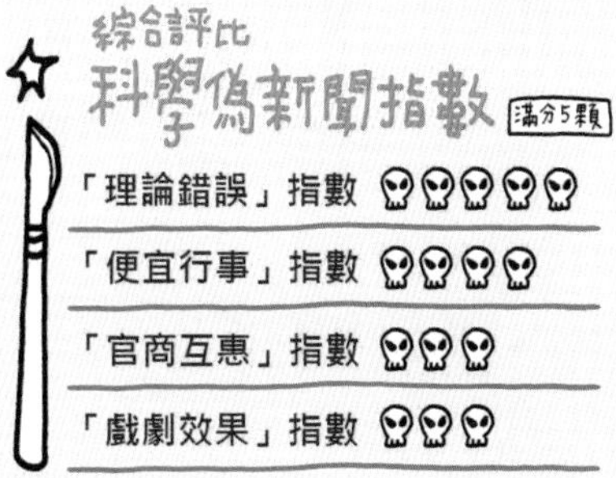

1-2

性、謊言、AV片：科學家的胸部干你屁事?!

案情：日本女科學家論文抄襲事件冒出重口味？

有一天解剖員看到一則新聞：〈道歉露胸部是常識！日出版社捧一億誘美女科學家脫衣〉[1]，眼珠差一點掉出來。科學新聞常常被移花接木、加油添醋就算了，這次倒是第一次看見鹹溼版的科學新聞。

這起事件的始末要從二〇一四年一月談起，當時日本理化學研究小組（RIKEN）關於「萬能細胞」（STAP 細胞）的研究登上了權威科學雜誌《自然》期刊。由於這項研究能以更便宜、快速且安全的技術用於治療眼睛、心臟與腦部等相關疾病，甚至比日本諾貝爾獎得主山中伸彌的「誘導性多功能幹細胞」（iPS 細胞）還有效率，所以引起國際媒體大幅報導。加上研究團隊召集人小保方晴子年方三十的亮麗外型，更以「美女科學家」之姿受到媒體高度關注。

註 1
中時電子報

只是好景不長，同年二月，這項研究就被同行科學家質疑作假。經過一系列調查之後，發現不僅該篇論文的內容涉及偽造，就連該美女科學家的博士論文都被追查出有抄襲的嫌疑。四月，調查認定該篇論文確實有捏造及竄改圖片等違規，研究小組不得不公開向大眾道歉，原本被譽為「世紀大發現」，瞬間變成日本科學史上的重大醜聞。七月，《自然》期刊更撤下了該篇論文。

就在研究不斷遭受質疑，並進入調查細節的階段，八月卻驚傳小保方晴子的博士論文指導教授笹井芳樹上吊自殺身亡。在這一系列事件之後，就沒有來由地出現了這一篇「道歉露胸部」的報導，為整起事件締造了前所未有的爆炸亮點。標題雖然吸睛，但是也太跳 tone 了吧？這則新聞的整個誕生過程都太可疑了，究竟是怎麼一回事？

二〇一四年四月九日，小保方晴子在大阪市召開新聞發布會，企圖對調查結論提出申訴。／ANN 全日本新聞網「小保方氏〝反論〞会見ノーカット STAP 問題で」

解剖：科學報導為何變成八卦新聞？

一、科學家也是正常人

可能是體制內科學教育的僵化與媒體漫無邊際的塑造，讓一般人對於科學家的印象常常停留在兩種極端的觀點上，一種極端是將科學家描述成十分聰明、嚴謹、認真與專注，為了科學研究可以廢寢忘食，甚至不通情理。另外一種極端就是把科學家刻畫成帶點神祕與怪異，甚至是瘋狂、有野心、想要征服世界等。

但是真實世界的科學家都介於這兩種極端之中，會有認真、投入與執著的一面，卻同樣有與常人無異的行為舉止，例如在進行研究之餘，也要參加很多無聊的會議；既需要討論研究進行的方向，也需要討論研究室的茶包需要買幾包、中午便當要訂哪一家。

科學家也是正常人，同樣有七情六欲、愛恨情仇，就像一般人會遇見的人一樣。在科學史上，確實曾有少數科學家作假、偽造、便宜行事，甚至是沾惹緋聞、人緣不佳、暗箭傷人等情事，不過也許比例上就跟一般人會發生的差不多，並不特別高尚，也不特別卑劣。這則新聞有需要故作鹹溼的花邊報導，只為呈現出神聖與下流的反差嗎？

二、科學社群的密切關係只有緋聞一途？

本事件最出乎意料的發展之一，就是女科學家的博士論文指導教授上吊自殺。當時就立即有臺灣媒體引述日本八卦雜誌，報導一則以〈師生不倫戀？日媒：亂倫研究室〉[2]為題的新聞，繪聲繪影地描述這幾位主角科學家之間的曖昧關係。不禁讓人想反問，即使不能排除這種可能性，但是科學家彼此間的親近關係，只有戀情、緋聞這一種選項嗎？

自從科技發展從「小科學」演變至「大科學」，「科學家」就變成是

註2
中時電子報

需要群策群力的專職工作者。這裡的「小科學」指的是在過去的年代，科學家透過個人能力就可以探討科學、自然界的理論；而現在的「大科學」更需要透過「團隊」方式進行科學研究或科技活動，牽涉的範圍大、經費多、人員廣。所以科學團隊成員之間的密切合作及榮辱與共，原本就是這個時代的共同特點，尤其是日本的學術文化傳統更加重視師徒之間的階級與結構關係。前輩與晚輩之間的關係，可能交雜著師生、家人、朋友等複雜的情感，男女情愛只是其中的可能選項之一。偏偏對於媒體而言，沒有任何選項會比男女情愛更具有吸引力。

三、報導重點符合比例原則嗎？

比較主流平面媒體，總計國內四大報（《中國時報》、《自由時報》、《蘋果日報》、《聯合報》）針對這起事件發布了三十三篇相關報導，共有一萬七千二百五十八字。一開始在「研究發展階段」，也就是報導發現萬能幹細胞、科技突破等，只有兩篇、七百四十二字；到之後的「調查階段」，包含期刊論文遭質疑、博士論文造假、期刊論文遭撤除等，則有十七篇、八千六百九十八字；在最後的「八卦階段」，也就是女科學家指導教授自殺、傳聞要拍寫真集／AV片等，竟來到十四篇、七千八百一十八字。換算每一篇的報導文字量，可以看見「八卦階段」的關注度明顯高於其它階段，你認為這樣的分布符合比例原則嗎？

整個過程可以看成是：一開始是乏人問津的「研究發展階段」，「調查階段」逐漸引起關注，最後進入香豔刺激的「八卦階段」。從這些報導比例來看，臺灣媒體的「重鹹」口味表露無遺。不瞞大家說，解剖員還真的是看到笹井芳樹博士自殺的新聞，才開始認真追溯這整起事件（慚愧！）——臺灣媒體「畫錯重點」的才能，算是對於科學傳播的另類貢獻嗎？

	研究發展階段	調查階段	八卦階段
篇數比例	6.1 %	51.5 %	42.4 %
字數比例	4.3 %	50.4 %	45.3 %
每篇平均字數	371 字	512 字	558 字

四、這個八卦新聞如何生出來的？

整件故事的演變，不僅具備了許多小說該有的懸疑橋段，情節峰迴路轉，更彷彿進入「風水世家」與「藍色蜘蛛網」的戲劇裡。你可想過這些報導的題材又是如何被挖掘出來的嗎？

到了「八卦階段」的後半段，在臺灣就開始有媒體將這起科學事件與師生戀、不倫、亂倫結合，確實是引起一般民眾好奇。當年九月，整起事件的鹹溼高潮來到最高峰，〈日AV業者重金誘美女科學家拍實驗室性愛〉[3]、〈扒光F奶美女科學家，日AV界捧兩億〉[4]，媒體之間輸人不輸陣，爭相「加碼演出」，不知情的閱聽者還以為點進十八禁的網頁。

如果追溯這些消息來源，可以發覺這一系列報導都源自於日本以情色及八卦聞名的《週刊實話》雜誌，其中有一篇〈三家出版社以一億日圓競邀小保方晴子「以懺悔之名全裸演出」〉[5]的報導，提供了臺灣媒體註解

註3 自由時報（網站）

註4 蘋果日報（網站）

註5 〈小保方晴子さん一億円"懺悔ヌード"三社競合へ〉

這起科學事件的養分，從情色週刊挖掘科學新聞，該感謝媒體業者的鍥而不捨嗎？在一堆內衣褲裡面翻攪出科學新聞的題材，真難為你們這種另類的拼勁了！（含淚敬禮）

五、西方主流媒體的態度

臺灣眾媒體雖然有志一同，但西方主流媒體又是如何報導這一則新聞的呢？口味是不是也和臺灣一樣，在「研究發展階段」後進入「調查階段」，緊接著就進入「八卦階段」呢？很遺憾的是，西方科學記者好像對小保方晴子的AV片不太有興趣。

在《紐約時報》（*The New York Times*）、路透社（Reuters）、BBC（英國廣播公司）等網站上輸入關鍵字「Haruko Obokata」（小保方晴子）檢索，可以看到報導的觸角從研究突破、論文造假疑雲，到Yoshiki Sasai（笹井芳樹）自殺等，討論其中的可能研究貢獻及研究倫理問題，就是沒有提到女科學家的身材。再看看以八卦聞名的英國《每日郵報》(*Daily Mail*)，該網站也只有「調查階段」的報導，沒有寫真集，更沒有AV片。

莫非只有臺灣新聞媒體注意到日本《週刊實話》的報導嗎？只有臺灣新聞媒體會看著科學家的身體意淫？面對科學的發展，我們的媒體是不是擁有迴異於先進國家媒體的觀點呢？臺灣媒體絕無僅有的思考模式真是太可疑了！

解剖總結：看到科學新聞出現腥羶內容先要三思！

總結前面的解剖結果，這一系列科學新聞報導缺乏瞭解科學事件的重要內涵，「萬能細胞」的發現有它的重要意義，「科學倫理」的問題更是值得反思與警惕，但是臺灣媒體全都不在乎，反而喜歡在亂倫、性愛、脫衣、F奶等關鍵詞下，榨出科學家身邊僅存的八卦餿水，並且毫無避諱刊登許多未經查證的謠言。綜合這一次分析，本解剖室對這一系列新聞報導給予以下評價：

九顆骷髏頭！

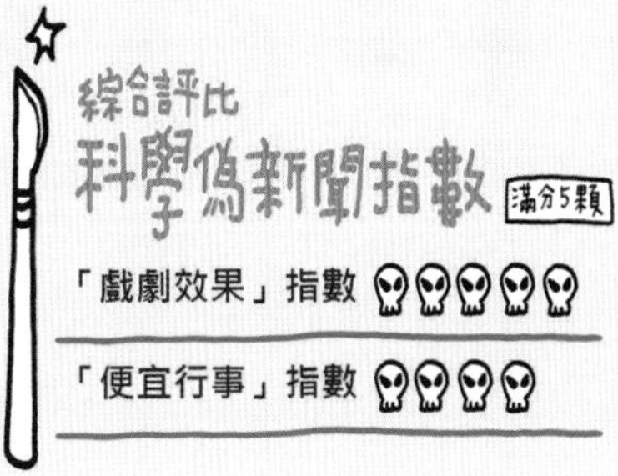

1-3

章魚哥閃邊去，霍金才是世界盃神算子?!

案情：霍金搶了章魚哥的寶座？

二〇二〇年是臺灣眾所矚目的總統大選年，對於選舉結果有著各式各樣的神奇預測，媒體自然免不了要大肆報導一番，譬如在〈看大選：斷言蔡英文連任，命理師加碼爆：韓國瑜龍鬚斷了！〉[1]這則報導中，命理專家從「法令紋」斷言蔡英文勝選，原因是韓國瑜的龍鬚斷了；而〈「囝仔仙」預言：臺灣將選出「豬」總統〉[2]，算命師則大膽預言生肖屬豬的人會當選總統。除了總統大選之外，先前縣市首長選舉的神奇預測也是不遑多讓，例如在〈誰有「總統命」？命理師斷言：柯P無望〉[3]這則新聞中，命理專家說柯文哲要當下任臺北市長沒有問題，但二〇二四年想當總統則不可能；另一篇〈大選年「神」預測？年底選舉藍綠六比四，柯連任難！〉[4]，政經預言家預測，如果國民黨派蔣萬安出來選臺北市長，柯文哲就會輸掉。面對激烈的選戰，媒體每次總是會去訪問預言家或命理師，難不成是沒有其他人可以訪問了嗎？

註1 SETn三立新聞網

註2 自由時報（網站）

註3 yam蕃薯藤（網站）

註4 中天快點TV（影片）

這個問題讓解剖員想起了二〇一八年俄羅斯世界盃足球賽的一則報導，當時在預言家名單中出現霍金（Stephen Hawking）的名字，讓人印象深刻！剛逝世不久的霍金竟出現在〈世界盃神算子章魚哥的接班人是？〉[5]這篇報導之中，並且與高盛（Goldman Sachs）人工智慧[6]、八爪魚保羅、俄羅斯神貓、比利（Pelé）等並列在一起，作為「神算子」的候選人，這是怎麼回事？難道霍金想從科學家轉職為預言家嗎？

解剖：統計推理／預言／臆測，該如何區分？

一、霍金到底做了什麼？

故事的起源是這樣：二〇一四年，霍金接受了博彩公司 Paddy Power 的委託[7]進行世界盃預測，他坦言 Paddy Power 有時為了噱頭會設計譁眾取寵的賭局，而這一次是邀請他以權威專家的身分進行預測。霍金因此

註5
udn 聯合新聞網

註6
在臺灣，artificial intelligence 一般都被翻譯為人工智慧，本書也會沿用這個翻譯。不過，相較於人工智慧，人工智能會是更好的翻譯。畢竟 artificial intelligence 儘管可以表現出強大的智能，卻不見得具有更為高階的智慧。

註7
Paddy Power 新聞稿

完成了一份名為「Professor Stephen Hawking's World Cup Study for Paddy Power」的報告[8]，同時也為慈善組織籌款。當然，這份報告並不是經歷嚴格審查的期刊文章，只不過霍金究竟為這個「認真的玩笑」做了什麼呢？

霍金主要是嘗試回答兩個問題：第一，什麼情況下的世界盃最有利於英格蘭？（原文：What conditions suit England in a World Cup?）第二，在世界盃的十二碼大戰中，如何才能踢出完美的射門？（原文：How do you take the perfect penalty in a World Cup penalty shootout?）

從一九六六年至二〇一四年，英格蘭已經踢進八屆世界盃，經歷了四十五場比賽，累計二百零四次十二碼球。霍金根據這些資訊與數據，結合統計分析，嘗試解答上述問題：在第一個問題中，他發現在距離較接近英格蘭、溫度較低、海拔較低的球場，加上比賽時間在傍晚、穿著客隊球衣（多數是紅色）等情況中，英格蘭會取得較高的勝率。而針對第二個問

註8 霍金完成的報告

題，他則發現由金髮球員主罰十二碼、將球射向球門的左上方或右上方、助跑較長距離並以腳側射門，都會有較高的得分率。最後，霍金把這些發現整合成兩條精確且複雜的方程式。以第一條方程式來看，可以據此推論出每個變數對英格蘭個別比賽勝率的影響，例如溫度每上升一度，英格蘭的勝率就會降至原來的八十四%，如果可以得知方程式中的所有變數，便能預測出英格蘭各場比賽的勝率。不過這個「認真的玩笑」也僅止於此，雖然這條方程式並無法真的精確預測哪支球隊是世界盃的冠軍，但它背後的基礎可不是神祕莫測的掐指一算，而是紮紮實實的統計推論，霍金果然不是蓋的！

二、注意！統計可是「科學推理」

這篇新聞中也提到了高盛金融集團運用人工智慧進行二〇一八年世界盃的預測[9]，高盛使用了二十萬種模型，導入各支球隊的特徵、近期表現

註9
"2018 the World Cup and economics"

及個別球員的種種數據，結合最新發展出來的「機器學習」，模擬出一百萬種可能的淘汰賽結果，並以此計算出每支球隊晉級的可能性，甚至是奪冠的機率，最後預測最有可能奪冠的隊伍是巴西隊。雖然這個預測並沒有命中，但是把霍金與高盛的研究報告並列在一起，仍然是有點道理的。

二十世紀八〇年代以後，西方科學哲學家已經瞭解沒有單一的科學方法可以定義科學的本質，且還能普遍適用到不同時期、文化、地域和領域。不過，科學哲學家還是從真實案例之中歸納出不同的科學推理模式，而統計就是其中一種科學推理的方法，不論是霍金，或是高盛的報告，大致上都是「統計推理」的範疇[10]。高盛那一百萬種模擬結果中，有十八．五%的結果顯示巴西會奪冠；而霍金的兩條方程式亦可以推論出英格蘭在各場比賽的獲勝機率，以及個別球員主罰十二碼時的成功機率。

但在此要嚴正指出的是，這些「統計推理」與八爪魚保羅、球王比利

註10
參見陳瑞麟（二〇一四），《科學哲學：假設的推理》，臺北：五南圖書。

的「臆測」相比，本質上有很大的不同。在保羅的「職業生涯」之中，牠只選過三面國旗（德國、西班牙和塞爾維亞），而這三面國旗都與八爪魚所愛吃的食物（如螃蟹、蝦類）顏色相似，所以二〇一〇年世界盃比賽時保羅之所以「神」，很可能只是巧合與本能表現。想確認牠是不是真的「神」，需要更多的重複驗證，但這一切已因保羅「壽終正寢」而不可能得知了[11]。另一方面，每逢大賽，前球王比利總會循往例進行預測，但結果卻都適得而反，因而被戲稱為烏鴉嘴比利。不論保羅或比利如何「預言」，我們應該要知道，他們都不是統計推理，理解到這一點，就不會把霍金、高盛的報告和保羅、比利的「神算」相提並論了。

不同於占卜神算，使用「統計推理」者多會清楚標示其可能局限，例如高盛就坦言即使運用了巧妙的統計技巧，但因為足球本身就是很難預測的競賽，所以他們的預測仍然有著高度的不確定性。再者，統計數字本身帶有人為建構的本質，難以避免人們會把自己感興趣的變項量化，這樣一

註11
PanSci泛科學：〈為何不問問神奇的章魚保羅？關於章魚的二三事〉

來，沒有被量化的變項就不會被納入推論之中，好比霍金與高盛都各自採用了不同的變項來量化，霍金的兩條方程式更包含很多難以操作的變項，例如裁判國籍、比賽日氣溫、球場海拔高度等等，這些都不是教練可以控制的。不過，相較於占卜神算，統計推理總還是有跡可尋，整個推論是否合理、可信，都能夠在過程中一一檢驗與確認。

三、霍金與神算子的距離

如果霍金的足球預測「很科學」，為何會被拱成跟章魚哥並列為神算子呢？原來過程是這樣：霍金在完成報告後，還同時在 YouTube 上傳了一段簡報[12]，簡報的逐字稿也成為前述 Paddy Power 對外發布的新聞稿。在簡報的開場白中，霍金提到 Paddy Power 認可他作為理論物理學家比八爪魚保羅更為有資格進行預測，可能就是這樣一句俏皮話引導媒體情不自禁地把他和保羅放在一起了。

Paddy Power 的標題是〈霍金圖解：英格蘭世界盃的成功方程式〉[13]，

註12 霍金的簡報（影片）

註13 "Stephen Hawking infographic: Formula for England success at the World Cup"

《每日郵報》則是〈加時賽取得勝利的簡史：霍金分析世界盃數據制定英格蘭的成功方程式〉[14]，誰想得到原本的行銷策略竟愈滾愈離奇。經過英國媒體報導後，華文媒體也紛紛翻譯和轉載，起初還沿著Paddy Power的思路來報導，指出霍金的公式可助英格蘭爭勝奪冠，例如〈霍金數學統計教路，助英格蘭決戰世界盃〉[15]、〈英格蘭如何才能奪冠？物理學家霍金研究解密〉[16]。但隨時間推進，報導變得愈來愈離題了，例如〈霍金用科學公式計算英格蘭隊世界盃奪冠概率〉[17]、〈用一個月時間研究世界盃比賽，霍金教你用數學公式猜冠軍〉[18]，事實上要用霍金的公式來預測出冠軍，是不太可能的。後面的標題就更歪了，開始把統計分析加上神祕色彩，例如〈霍金「算命」：英格蘭如何奪冠〉[19]、〈誰不想世界盃奪冠？你有霍金支招我有巫師整蠱〉[20]，或者把保羅抓來當成陪襯，例如〈世界盃預測的舞臺：章魚保羅唱罷，霍金登場〉[21]、〈章魚哥接班人？史蒂芬·霍金也來預測世界盃〉[22]。

註14
"A brief history of how to win in extra time: Stephen Hawking analyses World Cup data to work out formula for England's success"

註15
東網（網站）

註16
ETtoday 運動雲（網站）

章魚保羅（二〇〇八—二〇一〇）「據稱」能準確預測德國國家足球隊的比賽結果，在二〇一〇年世界盃多次「預測」成功，照片為四強賽時德國對上西班牙，保羅「預測」西班牙獲勝。／維基百科

註17 新浪科技（網站）

註18 網易（網站）

註19 鳳凰網（網站）

註20 和訊網（網站）

註21《中國青年報》

註22 TechNews 科技新報（網站）

在霍金的YouTube簡報之中，的確提到他最看好巴西隊。原因還是根據統計：主辦國取得世界盃冠軍的機率有三〇%，而且球隊在自家地方作戰，在環境和心理上都有正面效應。不過，這個「猜測」其實與霍金的報告沒有直接關聯，他的「統計推理」並不涉及預測冠軍，但是媒體報導都把這些言論混在一起了，以為霍金的方程式可以預測世界盃冠軍。例如〈霍金算出二〇一四世界盃奪冠公式：巴西奪冠，英格蘭前途難測〉[23]、〈世界盃各方預言帝爭先登場，學術派霍金算出巴西奪冠〉[24]，更神奇的是還有報導指責霍金算錯了：〈霍金預測全錯竟理直氣壯，狡辯物理比足球更直接〉[25]。

來到二〇一八年俄羅斯世界盃，霍金又在〈世界盃神算子章魚哥的接班人是？〉及〈神預測！萌貓挑戰章魚哥〉[26]這兩篇報導中再度登場。從這個過程中可以清楚看出來在全球化的資訊快速流通下，媒體於各種轉譯

註23 前瞻網（網站）

註24 新浪體育（網站）

註25 搜狐體育（網站）

註26 人間福報（網站）

過程中的偏誤及渲染，像是陰魂不散的幽靈盤旋不去，造成每隔一段時間的冷飯熱炒現象。看到這樣的狀況，解剖員不由感嘆二〇二二年下一屆世界盃，如果霍金又再次「顯靈」也就不足為奇了。

解剖總結：勿將科學與玄學混為一談！

看到這裡，我們應該很清楚霍金並非完成正式的科學研究報告，只是利用統計推理加上足球元素來開一個認真的玩笑，除了展現他特有的英式幽默之外，還進行了「科學普及」。只不過在博彩公司的推波助瀾及各類媒體二手、三手、四手的報導之下，偏離了原有的想法。尤其是一路轉傳到華文世界之後，「統計推理」與「預言」、「臆測」、「猜想」間的界線，都變得愈來愈模糊了。

此外，相關報導中對於霍金的統計方式也多半沒有清楚說明，只是一味用戲劇化的方式來凸顯娛樂性，造成了許多誤解。尤其是在臺灣，星相命理的玄學深入民心，不論是政治、體育或民生議題，媒體報導都很容易就採用玄學觀點，甚至在地震相關的新聞之中，也會有〈臺南驚傳五級地震，命理師準到自己都害怕〉[27]、〈他四天前就預測五級地震！神人「再

註27
自由時報（網站）

發威」大家都跪了〉[28]之類的報導，將科學與玄學混為一談，乍看起來雖無傷大雅，但是日積月累對於全民科學素養的建立卻是莫大傷害。據此，本解剖室給予這系列新聞以下評價：

十三顆骷髏頭！

註28 EBC東森新聞（網站）

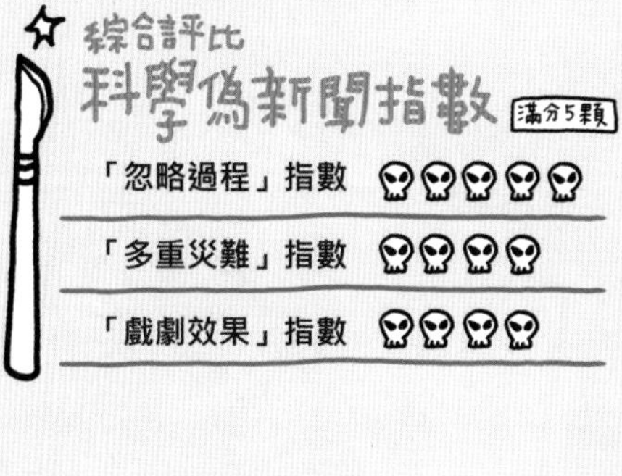

第二單元

科學大誤會

2-1

萬磁王降臨，臺北捷運跨年夜又要改變磁場了嗎?!

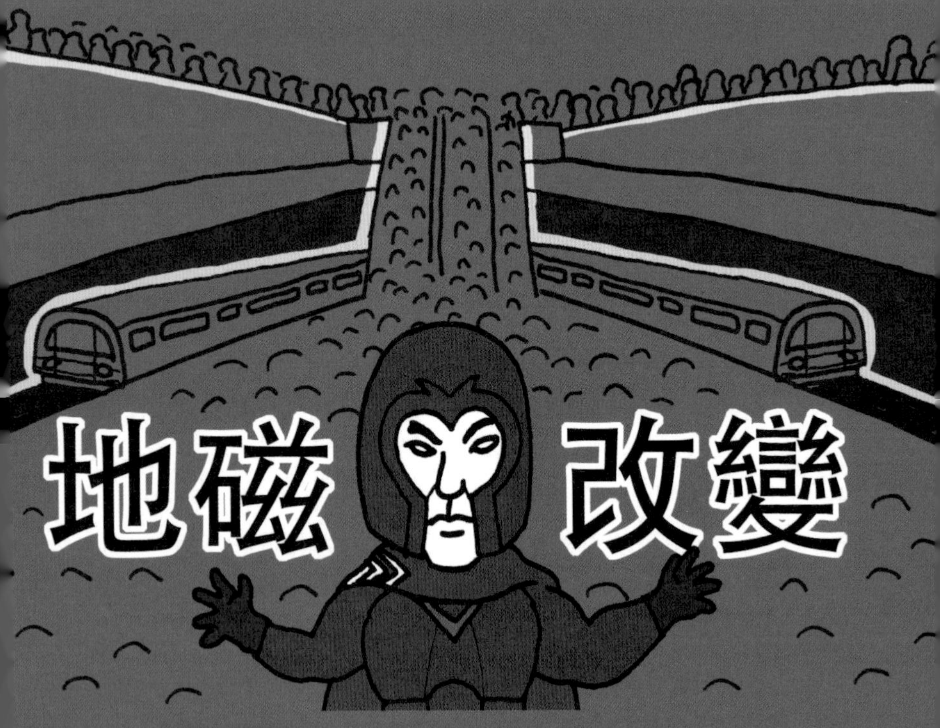

案情：臺北捷運改變地球磁場？

每到年底全臺各處都會瘋跨年，其中最大場的活動就屬臺北市政府的跨年慶典晚會，數十萬人湧入，市府每年最後如何指揮交通、疏通捷運都成了新聞焦點。但二〇一七年十一月卻出現令人嚇到吃手手的新聞：〈創全球之先重大發現，跨年夜北捷載量大改變地球磁場〉[1]，內文提到：

> 中研院與中央大學長期監測大屯山火山活動，但在二〇一二年到二〇一三年跨年夜，測到地球磁場變化影響火山監測。團隊為此追蹤一年多，隔年有重大發現，測得臺北捷運在密集營運的情形下，會造成地球磁場較明顯的改變。研究成果今年暑假發表，近日刊登於歐洲頂尖期刊《*Terra Nova*》，是全球迄今唯一發表大眾運輸會造成地球磁場改變的重大發現……

註1 udn 聯合新聞網

這一則新聞報導在二〇一七年底引起轟動，也讓許多人懷著忐忑的心情，好奇萬磁王是不是每年的跨年夜都會駕臨臺北捷運？新聞內容乍看之下有著豐富的背景知識，不僅有中研院、中央大學背書，還有歐洲頂尖期刊撐腰，充滿學術氣息，但你會不會覺得有點怪怪的，三百萬人次乘客真的是造成地球磁場改變的罪魁禍首嗎？地球磁場如此容易就可以發生改變，會不會只要我們齊心齊力、萬眾一心，就可以改變許多大自然的現象？「人定勝天」不再僅是勵志金句，而是真有其事嗎？

解剖：地球磁場跟捷運有關係嗎？

一、「地球磁場」能被人為改變嗎？

先從解剖員的專業地科背景來說出結論：地球磁場是不可能被人為改變的！

我們必須釐清什麼是「地球磁場」？它又是如何形成？你可以想像地球中心有一支大型磁棒，在磁棒周圍所分布的磁場，就是地球磁場，依照當前科學界所認可的「自激磁學說」(Self-exciting dynamo)[2]解釋，地球磁場的形成有許多不同的來源，其中有超過九成來自外部地核中液態金屬運動所產生，地表擾動所產生的影響非常非常小，因此地球磁場是不可能被人為改變的[3]。

「量測地球磁場」則又是另一個不同的概念。當我們在地表上某處量測地球磁場時，量測的是該地當時的總磁場強度，除了測得地球磁場之外，同時亦會受到其他訊號干擾，這些雜訊可能來自鄰近的高壓電塔、鐵公路、施測人員身上的金屬物品、太陽輻射、地殼活動等等，這些因素都會影響量測的磁場資料，所以量測出來的結果並不直接等同於「地球磁場」。看到這裡，你是否隱約覺得這篇新聞有點問題了呢？

註2
自激磁學說

註3
地球故事書：〈跨個年就能改變地磁場？那真的比萬磁王還要狂！〉

這篇新聞就是將「地球磁場」和「地球磁場的量測」兩個概念混為一談，「地球磁場」和「地球磁場的量測」有根本性的差異，兩者之間不能畫上等號。

用天文學觀測星星來進一步解釋與類比。今日繁華的都市往往過度使用照明設施，當人造光線照亮夜晚的同時，會覆蓋原本閃耀的星光，使得星空的能見度明顯下降，夜空裡的星星也就愈來愈黯淡，對天文觀測造成嚴重干擾，這就是所謂的「光害」。因此，在城市平地上透過望遠鏡觀測星星，發現星星模糊不清時，會說是嚴重的光害使我們看不見原本閃亮的星星，而不會說是光害使遠在天邊的星體們不會發光了！試想看看，若新聞的報導為真：「臺北燈火熄滅北極星！」我們人類大概真的成為萬物主宰了，開個燈就可以毀滅宇宙中的恆星，讓它失去發光的能力，人類再也不用擔心外星人入侵，我們只要點燈，外星人就會因為沒有了自己的太陽，直接在自己的星球上滅絕。

把光害的案例對照開頭提到的新聞，把「星體發光能力」比照「地球磁場」，而「觀測星光」比照「量測地球磁場」，應該就可以清楚看出問題所在了。

二、真正的科學研究價值

該新聞報導中引述許多讓人覺得可信的科學研究出處，但是研究文獻裡面真的是這樣說的嗎？要徹底瞭解此次事件，還需要還原整體的研究背景，也就是科學家究竟是如何抽絲剝繭找到「臺北捷運」這位干擾者？

其實這個研究一開始並不是為了瞭解臺北捷運的磁場變化，而是監測陽明山大屯火山群，卻在監測過程中發現每天都會規律地出現異常的地磁量測結果[4]，於是透過許多數據分析，比對不同地點、不同時間的資料後，證實只有臺北盆地的測站量測有異常現象，花蓮站的量測則是正常；其中最關鍵的是，跨年夜當天地磁量測被擾動的時間長度突破以往，平日凌晨一點半以後地磁量測受擾動的情況就會大幅減少，但在跨年夜時，就算過

註4
"Artificial magnetic disturbance from the mass rapid transit system in Taiwan"

了凌晨一點半，地磁的量測依然持續被干擾。根據這條額外線索，科學家才得以透過「跨年夜加開」，對照「平日準時收班」，找到了每天都在擾亂地磁量測結果的「嫌疑犯」。

科學家發現了嫌疑犯後，嚴謹分析捷運系統，比對了平時準時停駛的捷運營運數據和地球磁場的量測資料，發現平日地磁場量測被干擾最嚴重的三個時段，都是捷運行駛最密集的交通尖峰時間，同時也發現，磁場量測的變化確實會被捷運行駛過程造成的電流所影響。

追根究柢，這個研究結果其實說的是：捷運造成的磁場變化會影響量測地磁的結果。這個研究結果重要嗎？除了監測大屯火山活動具有影響民生議題的重要性之外，研究團隊花了很多力氣排除各種可能因素，最終找到捷運運行會影響量測地磁的結果，這在地震量測上具有突破性的意義。

不管是對地震或火山的監測，都要排除影響監測異常的因素，監測才能有效進行而不致因干擾而誤判，研究團隊找出了關鍵的影響要素，濾除

註5
自由時報（網站）

監測火山活動過程中的雜訊，這項發現在科學研究上具有重要的學術及應用價值，只是媒體不瞭解價值所在，在不識貨的誤解中讓整體報導方向歪掉了。於是那段期間各大媒體紛紛報導：〈蝦米？北捷竟能造成地球磁場異常〉[5]、〈什麼！北捷竟造成地球磁場異常〉[6]、〈你我都推了一把？跨年夜北捷爆量改變「地球磁場」〉[7]、〈三百萬人瘋跨年倒數，讓研究團隊發現北捷影響地磁場〉[8]，實在非常勁爆，不僅畫錯重點，還錯得離譜。

三、專家到底說了什麼？

回過頭想想，這篇報導不是採訪了研究團隊的成員嗎？如果都有專家親身掛保證，怎麼還會出這樣的錯呢？

檢閱相關採訪影片，受訪時侃侃而談的科學專家顏宏元[9]教授似乎成為了媒體的最大靠山。顏教授是此項研究計畫參與人之一，他的專業程度有可能弄錯「地磁」與「量測地磁」嗎？會說出「北捷造成地球磁場異常」這樣的話嗎？

註6 民視新聞（網站）

註7 TVBS 新聞網

註8 蘋果日報（網站）

註9 現任國立中央大學地球科學學系主任，研究專長是重力測勘學、磁力測勘學。

我們來看看顏教授在採訪影片中說了什麼：

列車在運轉、運行的時候，它就一定會有雜散電流，我想這是一個全球性的問題……原來（凌晨）一點半到四點半之間，沒有磁場的改變，但是在跨年的時候卻有，我們根據這樣的觀測結果，認為磁場改變跟捷運的運轉有絕對的關係[10]。

監測大屯火山的時候，在跨年那天清晨，本來一點半到四點半是沒有訊號的，可是我們卻看到磁場繼續被擾動，兩個磁力站在隔年清晨一點半到四點半，所謂跨年捷運不收班情況下，我們仍然看到這樣的訊號[11]。

列車間距比較短，所以它用電量比較大，這時候它對磁場的影響會比較大一點；離峰的時候用電量會比較小一點，所以相對來講，對磁場的改變也會比較小一點[12]。

仔細分析影片中顏教授的講述，即使他並沒有精確指明被改變的是「量測到的地球磁場」，而是說「磁場改變跟捷運有關係」、「磁場被擾動」、

註10 〈北捷影響「地球磁場」！跨年不收班成研究鐵證〉（影片）

註11 〈跨年夜北捷爆量，改變地球磁場〉（影片）

註12 〈蝦米？北捷造成地球磁場異常〉（影片）

「對磁場的影響」，你仍可以清楚瞭解他指的就是量測到的磁場強度，而且他從頭到尾都沒有說過「地球磁場被改變」，新聞報導中的「地球磁場會被改變」完完全全是媒體腦補能力的徹底發揮。

況且，顏教授使用的是「磁場」一詞，磁場並不等於地球磁場。握在手上的磁石、正在使用的充電線，任何具有磁性、電流的物品都有可能造成磁場，地球磁場只是磁場的其中一種，專指由地球內部產生的大地磁場。依照顏教授的專業，不可能弄混磁場與地球磁場，但報導是怎麼寫的：

團隊為此追蹤一年多，隔年有重大發現，測得臺北捷運在密集營運的情形下，會造成地球磁場較明顯的改變。研究成果今年暑假發表，近日刊登於歐洲頂尖期刊《*Terra Nova*》，是全球迄今唯一發表大眾運輸會造成地球磁場改變的重大發現。

甚至擅自更動了顏教授的說法：

顏宏元說，地球磁場的改變會間接影響軌道的電磁作用，平時搭乘時就會產生影響，尖峰時間影響越大……

媒體完全混用「地磁」、「磁場」和「量測到的磁場」，在沒有搞清楚狀況的差異之下就「不慎」將原本冷門的科學議題推上了重要版面，隨著各大媒體競相報導，除了驚悚的標題之外，更在標題和內文出現「創全球之先重大發現」、「全球迄今唯一發表大眾運輸會造成地球磁場改變的重大發現」等托大的用詞，實在讓人無言。

為了釐清真相，解剖員透過電訪向顏宏元教授求證。顏教授表示自二〇一三年，研究團隊觀察到捷運可能影響地磁觀測數據後，二〇一四年便開始持續研究此現象；與此同時，也不時會在課堂中與學生分享研究內容。顏教授表示，受訪當時他直接以「如何發現這個現象」，「這個現象會不會影響人體健康」為題進行說明，但採訪過程中人多嘴雜，不易交代清楚，「改變地球磁場」等浮誇字句均非自己所言，甚至根本不是訪談主軸。事後顏教授對於媒體斷章取義、誤解誤讀、妄下結論等狀況感到無奈。

解剖總結：誤解專業、誤下標題就會誤導民眾！

綜上所述，這則新聞錯誤傳播了與研究不符的科學訊息，未能精確掌握科學專有名詞，誤解了專家的談話內容，還使用了聳動的新聞標題，用看似專業的報導騙取民眾的信任，除了會讓社會誤解科學的研究成果之外，更可能讓專業的科學家蒙受不白之冤。據此，本解剖室給予這系列報導以下評價：

十六顆骷髏頭！

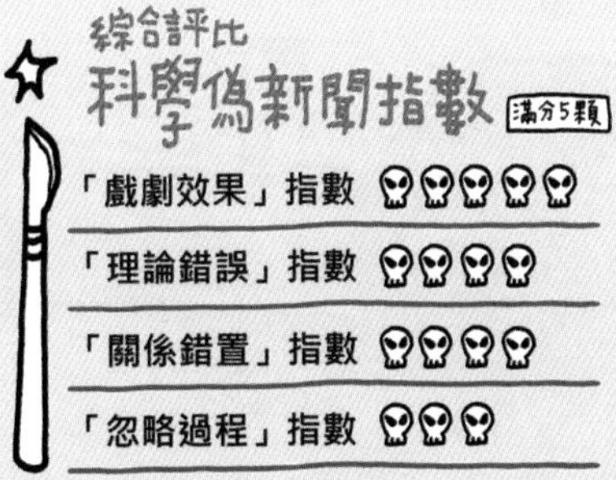

2-2

專家背書事件簿再一筆：吃糖會活化癌細胞?!

案情：糖是致癌的禍首？

從一九八二年到二〇一六年，癌症已經連續三十五年穩居國人十大死因冠軍寶座[1]，屹立不搖的程度讓大家一聽到「癌症」這兩個字就為之色變、為之驚恐。為了不讓癌症有機可乘，人人無不小心翼翼，仔細留意身邊所有和癌症有關的訊息，無論吃的、喝的、穿的、用的，只要扯上癌症，立即就能引起大眾關切與瘋傳。解剖員的爹娘也不例外，不時在LINE的家庭群組分享健康醫療小知識，如果是無關痛癢、充滿溫馨愛的健康常識，解剖員通常是睜一隻眼、閉一隻眼，但有次爹娘傳了下頁這則訊息，實在無法放過它！

註1 衛生福利部：〈一〇五年死因統計結果分析〉

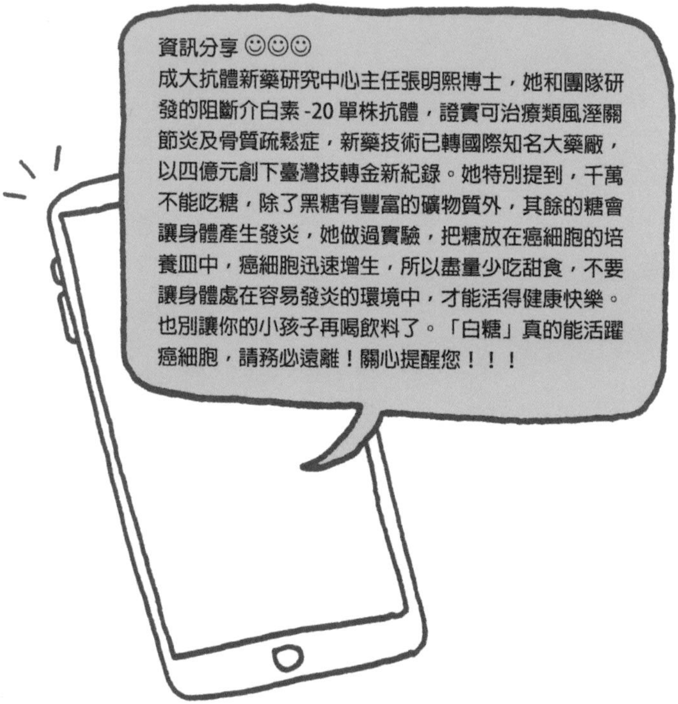
資訊分享 ☺☺☺
成大抗體新藥研究中心主任張明熙博士，她和團隊研發的阻斷介白素 -20 單株抗體，證實可治療類風溼關節炎及骨質疏鬆症，新藥技術已轉國際知名大藥廠，以四億元創下臺灣技轉金新紀錄。她特別提到，千萬不能吃糖，除了黑糖有豐富的礦物質外，其餘的糖會讓身體產生發炎，她做過實驗，把糖放在癌細胞的培養皿中，癌細胞迅速增生，所以盡量少吃甜食，不要讓身體處在容易發炎的環境中，才能活得健康快樂。也別讓你的小孩子再喝飲料了。「白糖」真的能活躍癌細胞，請務必遠離！關心提醒您！！！

不管是白糖、紅糖、黑糖，還是市售含糖飲料、果汁、糕餅、甜點等等生活中數不完的食物都含有糖，可以說每天都會吃到糖，實在很難避開，現在卻通通都不能吃了？看完簡訊不禁讓人打了個寒顫，不僅僅因為解剖員是甜食重度愛好者，更驚嚇的是這一則訊息可是有醫學院的學者專家背書，影響力不容小覷啊！

但不免心生疑惑，不管吃多少糖都一定會使身體發炎，讓癌細胞活躍嗎？如果糖真的這麼罪大惡極，為什麼黑糖就可以僥倖逃過一劫，其他糖就必須列入「致癌食物黑名單」？黑糖跟其他糖之間的差別是什麼呢？專家解答這些疑惑了嗎？以上諸多疑點，都讓人不得不一探究竟。

解剖：糖，它有什麼殺傷力？

一、「千萬」不能吃糖嗎？

這則訊息的內容中提到：「（張明熙博士）她做過實驗，把糖放在癌細胞的培養皿中，癌細胞迅速增生。」所以為了不要讓身體細胞處於容易發炎的環境、增加罹患癌症機率，「千萬不能吃糖」。這個說法讓「糖」一瞬間從日常調味料變成世紀劇毒，好像吃到一點點就會讓人生病垂危一樣，真的沒有商量空間，連一丁點的糖都不可以吃嗎？

訊息的內容想告訴我們：「吃糖→身體容易發炎→活化癌細胞」的因果關係，後半截「發炎」與「癌症」的相關性確實有一些證據，算是比較成熟的研究領域，例如這篇二〇一〇年公開的研究[2]就提到發炎反應會影響癌細胞不同階段的變化，像是誘發腫瘤生成、從良性轉化為惡性腫瘤等，甚至某些發炎因子還會影響癌細胞轉移。

問題是「糖」到底會不會是讓身體容易發炎的元兇呢？相關文獻中的確有不少研究提到「糖」與「發炎反應」的關係，有一篇研究[3]就提到一

註2
《細胞》（*Cell*），二〇一〇年三月號

註3
《美國臨床營養學雜誌》（*The American Journal of Clinical Nutrition*），二〇一一年八月號

位年輕且健康的男性每天喝下含四十克糖以下的飲料，三週後發炎反應指標的「C反應蛋白」（C-Reactive Protein, CRP）[4]量顯著上升。也有其他研究[5]討論飲食中糖的攝取量可能引發發炎反應，但卻也提醒還需要有更多、更大規模、追蹤時間更長以及更好的實驗設計的研究，才能支持「糖」與「發炎反應」的關係。

從前述具有權威的研究報告中可以推知，「吃糖」與「身體發炎」之間可能具有關聯性，但是這種關聯性究竟會在何種條件之下成立、以何種型態展現出來，都還需要有更多證據支持才能下定論。換句話說，科學研究是漫長的檢驗過程，要明確地宣稱兩種變數的因果關係極度困難，以目前科學家所掌握的訊息來看，使用「千萬不能吃」這樣的措辭來警示人們對糖的攝取，明顯是過度宣稱了。

註4
C反應蛋白

註5
《營養學》（Nutrients），二〇一八年五月號

二、糖到底可不可以吃？

如果吃糖真的有這樣的風險存在，是不是我們就乾脆忍耐一點不要吃來降低風險呢？反正人生還有其他選擇嘛（哭）。據解剖員所知，由於白糖、紅糖、黑糖等糖都是屬於有較高「升糖指數」（Glycemic index, GI）[6]的食品，也就是吃進這些食物之後血糖會上升得很快，將可能使身體細胞對胰島素抗性上升，進而造成肥胖或是第二型糖尿病。在相關研究中也提到，當吃進高GI值的食物時，血糖迅速飆升確實容易刺激癌細胞增生，促成腫瘤惡化[7]。

但問題來了，難道不吃糖就可以「餓死」癌細胞嗎？過去曾有營養師指出「癌細胞愛吃糖」這種說法太片面[8]，因為重點應該不在「吃」或「不吃」糖，而是要能妥善「控制血糖濃度」才是關鍵，讓自己體內的血糖濃度維持在一定範圍，不要吃太多高GI值的食物導致血糖值在短時間內突

註6
升糖指數

註7
研究結果顯示，當血糖濃度快速提升，容易刺激胰臟中ß-細胞分泌胰島素來降低血糖濃度，然而胰島素太多容易促使類胰島素生長因子（Insulin-like growth factor 1, IGF-1）的合成，進而刺激癌細胞增生，提高罹患癌症風險。

破天際，如此一來才能遠離肥胖與糖尿病，也可以間接降低罹患癌症的風險。而且除了糖之外，高GI值的食物還包括白飯、白吐司或白麵包、貝果等精製且人體可以快速消化吸收的澱粉類食物，都是日常生活中十分常見的主食，難道也都要一併禁食嗎？想也知道這顯然矯枉過正了。

由前述可知，各種糖並不是促發癌症的唯一路徑及兇手，與其百分之一百地排除，還不如透過更加均衡的飲食來控制血糖濃度，才是真正避免活化癌細胞的重要方法。所以在面對複雜的生理運作機制時，這則過度簡化的訊息只會強化恐懼與不安，實在不可取。

三、為什麼黑糖可以例外？

另外，訊息還提到：「除了黑糖有豐富的礦物質外，其餘的糖會讓身體產生發炎。」為何黑糖這麼厲害，不僅突破重圍、獲得青睞還免於被攻擊？其實白糖、紅糖、黑糖等等不管是什麼糖，提煉方法都一樣，糖之所

註8 和信治癌中心醫院營養師呂玉如的建議

以會呈現出不同顏色、型態，是因為精製的程度不同，精製的程度越高，顏色越白，純度越高，比如白糖。而黑糖精製程度較不高，相較於白糖而言多了礦物質跟些許蛋白質，不過整體而言，每種糖的精製程度不會差異太大。

為了更加釐清這則訊息的來龍去脈，解剖員致電訊息中的主角——成功大學張明熙教授，查證張教授本人對於該訊息內容的看法為何。這才知道原來這則訊息起源於二〇一五年七月三十日那天，張教授接受電臺訪問關於她的最新研究成果，在訪問之外的聊天場合中提及了糖類與癌症的相關研究，張教授分享自己盡量不吃黑糖以外的糖的私人經驗。她認為一般的糖屬於精製糖，成分單一且容易讓身體發炎，如果不得已一定要吃糖，她會以礦物質較多的黑糖代替。從這段回顧可以澄清兩件事：其一是張教授吃黑糖的原因，並不是因為黑糖有礦物質可以阻止身體的發炎；其二是張教授自己也吃糖，她並沒有說「千萬不能吃糖」這樣的話。

四、如何看待訊息裡的「專家背書」？

從前面的討論我們可以知道，這則訊息確實是具有相關的科學研究依據，並非完全無中生有。問題是出在科學研究的過程中會伴隨許多特定的脈絡及條件，偏偏社群媒體中的訊息卻是短短的一條，掐頭去尾之後，許多情境及前提都不見了，甚至出現了自我矛盾，例如該訊息前半段以非常篤定的語氣說「千萬不能吃糖」，可是到了後面又說「盡量少吃甜食」，最後一句又莫名其妙地補白糖一槍：「白糖真的能活躍癌細胞，請務必遠離」，相信看見這則訊息的人，除了產生滿滿的驚恐之外，大概也無法搞清楚吃糖跟發炎、癌症之間的關係究竟為何了。

這則訊息可怕的地方還在於一開始先用八十餘字來說服你訊息中的主角是「超級大專家」，當我們看到訊息（或新聞）中有這些專業的大人物出現，就像是品牌掛保證，有專業人士的背書，你怎麼能不信？成大抗體新藥研究中心的主任出馬耶！而且還不是普通的主任，是以四億元創下臺灣技轉金新紀錄的超級大咖！所以接下來「專家說的話」我們一定非信不可。

主角的確是專家沒有錯，但值得深入推敲的卻是訊息後續所呈現的內容是否完整表達了專家的「原意」？會不會是專家說得很詳細（哪些糖為什麼能吃、哪些糖為什麼不能吃，以及如果真的不得已非吃糖不可，什麼糖會是合適的選擇），但聽者在轉述時只擷取了自己聽得懂的「部分」，再加上一點「自己的話」，結果導致與專家原意大相逕庭？

認真說起來，人們誤信「專家背書」的例子還真不少，之前我們就解剖過許多案情：

看到專欄文章「The Data Says “Don't Hug the Dog!”」（數據說：「別抱狗！」）是「加拿大英屬哥倫比亞大學心理系退休教授」撰寫，就覺得這是教授研究成果而深信不疑[9]。

註9
〈別自作多情了，狗狗其實不喜歡被抱?!〉，科學新聞解剖室二〇一七年九月文章，已收錄於《新生活判讀力：別讓科學偽新聞誤導你的人生》，二〇一八年一月出版。

聽到超有名的物理學家霍金說二〇三〇年是世界末日，就嚇出一身冷汗，急著為未來的十幾年打算[10]。

收到標明著「陽明醫院公衛所張武修教授」說茶裏王飲料有毒的訊息，就開始驚慌失措[11]……。

凡此種種，不勝枚舉。所以解剖員在此要呼籲大家，身處資訊氾濫的年代，在相信專家之前，也請務必要相信自己的邏輯判斷。

註10
〈當霍金也在世界末日的傳說中參一腳?!〉，科學新聞解剖室二〇一六年五月文章，已收錄於《新生活判讀力：別讓科學偽新聞誤導你的人生》。

註11
〈教授說「茶裏王」有毒，你就信了嗎?!〉，科學新聞解剖室二〇一七年七月文章，已收錄於《新生活判讀力：別讓科學偽新聞誤導你的人生》。

解剖總結：謹慎轉達專家的說明，不要自己腦補！

當一則訊息中真假交錯，包含科學研究或專業人士背書，又夾雜訊息產製者的個人推論與浮誇用語，對於非此專業領域的人而言，什麼是對、什麼是錯、什麼可信、什麼不可信變得難以辨別。或許訊息產製者只是出自一片好意想幫助大家，讓每個人都活得健健康康，但若是不小心錯誤傳達了專家的建議，就可能弄巧成拙，不但無法反映原意，甚至會讓自己變成「披著專家皮的狼」，成了製造謠言的禍首。對於這種類型的「專家背書事件簿」，本解剖室給予以下的評價：

十五顆骷髏頭！

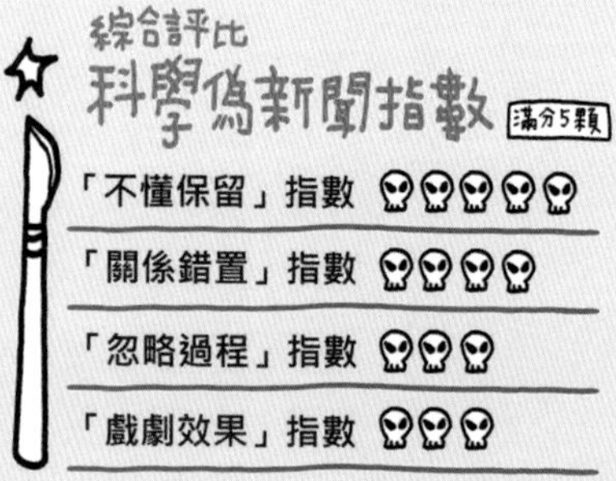

2-3

睡前滑手機八分鐘，相當於晚睡一小時?!

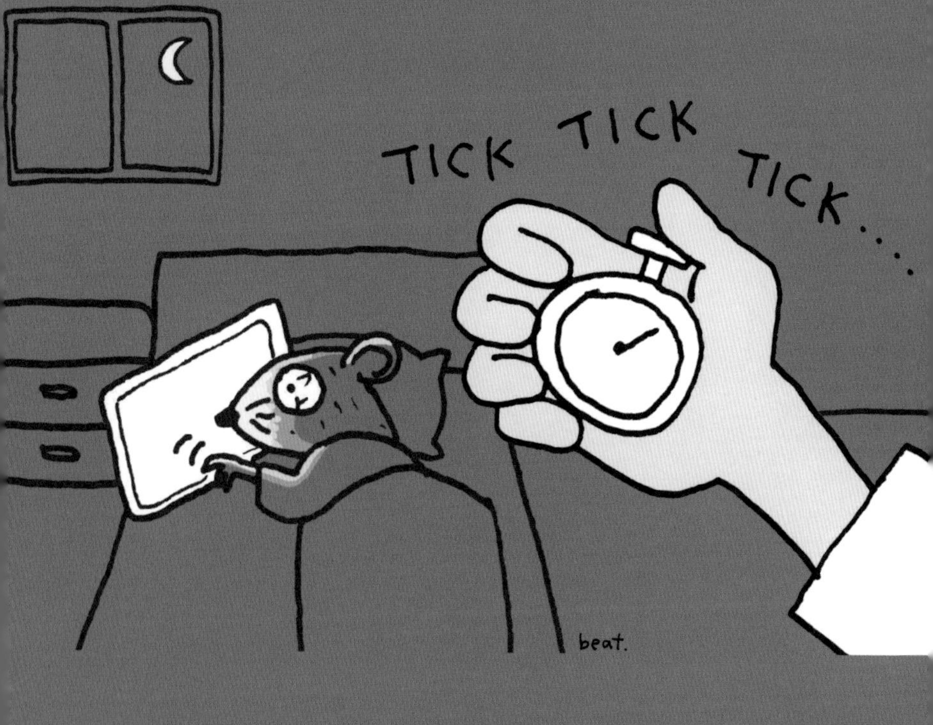

案情：是誰害你失眠？

某日，解剖員 LINE 裡頭家庭群組長輩傳來了一則訊息：「今天新聞報導臺灣學者最新研究報告，睡前滑手機八分鐘會妨礙睡眠一小時，如使用超過時間會影響更巨，所以要謹慎為之，以免傷眼又傷身。」面對長輩傳送的「警世訊息」，解剖員當然不會掉以輕心，尤其又以「最新研究」為背書更讓人想一探究竟！

搜尋相關新聞後發現，原來是臺灣大學的研究團隊透過記者會公布其研究成果，而當天就有許多媒體不約而同用「睡前滑手機八分鐘，晚睡一小時」當作新聞標題，並以臺大研究團隊刊登於《美國國家科學院期刊》（*Proceedings of the National Academy of Sciences of the United States of America, PNAS*）的研究成果佐證，呼籲民眾睡前千萬不要再滑手機了！像是〈恐怖效應！臺大研究：睡前滑手機八分鐘、晚睡一小時〉[1]，內容便提到：

註1 中時電子報

睡前滑手機不僅傷眼，還會讓你睡不著！臺大醫院與臺灣大學合作研究發現，睡前滑手機八分鐘，會讓人晚睡一小時，主要因為手機中較長波長的藍光，會活化全身的交感神經系統，造成心跳加速、出汗及血壓升高，結果精神愈來愈好；過去已知光線太亮會使人睡不著，臺大亦首度揭祕，這種「視而不見」的生理感應，主要為視網膜內的「內生感光視神經細胞」（ipRGC）接受到較長波長藍光刺激所致，進而產生全身機轉反應。

看完這段新聞內容，你不會滿腹疑惑嗎？若藍光真的會導致失眠，許多人常常滑手機滑到睡著是怎麼回事？這項研究又是如何證實八分鐘與一小時這兩者明確的換算關係呢？是找真人來進行實測嗎？

解剖：滑手機為何讓你睡眠不足？

一、能證明滑手機導致失眠嗎？

如何證明「睡前滑手機會導致失眠」，我們或許可以設想實驗方式如下：先調查受試者平時的睡眠時間，再將所有受試者分為數組，各組在睡前滑手機的時間長度有所差異，可能分別是八分鐘、十五分鐘、三十分鐘不等，而有一組對照組則是在睡前一小時內絕對不能滑手機或是看到藍光螢幕。實驗之前，受試者都必須經過眼科醫師詳細檢查，確認每個人的眼睛狀態一致，實驗期間更需要統一受試者的睡眠時間、詳細記錄每組的睡眠狀況，並控制各組手機的螢幕大小、字級、字型與光線亮度，甚至包含房間內其他光源的明暗，就連每個人滑手機時的坐姿（或睡姿）、觀看手機的角度也要一致，為了達到前述的條件，全程都需緊盯著受試者嚴格遵守限制，以確保萬無一失。

問題是真的可以完成這樣的實驗嗎？姑且不論許多先天上難以克服的限制（例如受試者在受監控的狀況下能否安心入睡），即使如上述設想般進行「嚴謹」的實驗限制，還是有許多難以有效控制的變數：受試者的睡眠習慣不同、身體狀況有別等等。更何況造成失眠的原因還有很多，包括焦慮、壓力、時差、疼痛、疾病（如甲狀腺機能亢進、憂鬱疾患等）及使用藥物（如服用中樞神經興奮劑或是用來治療鼻塞、鼻炎的解鼻充血劑）等，都是可能造成失眠的變因[2]。由此可知，想透過真人進行科學實驗來證明「滑手機會失眠」，絕不是簡單的工作，臺灣大學的團隊真的是這樣做的嗎？否則如此果斷的結論又是怎麼來的呢？

二、強光照射老鼠跟人滑手機有啥關係？

經由上述我們已經知道要證明「滑手機會失眠」需要極端嚴格的實驗設計才可能成立，而臺大研究團隊是如何進行的呢？究竟是何種開創性的突破才讓這麼多媒體爭相報導呢？解剖員姑且把媒體的報導丟一邊，先仔

註2
〈失眠藥不藥？對症，不一定要下藥〉

細研讀一下臺大自己發布的新聞稿[3]，文中對於該研究的主要發現，明確寫到：

> 醫學工程學研究所林頌然教授與生命科學系陳示國副教授的研究團隊日前共同發表論文，探討外來突發性強光透過視網膜上的自主感光視神經細胞（intrinsically photosensitive retinal ganglion cell, ipRGC）傳遞至視交叉上核（SCN）進而刺激交感神經後活化毛囊幹細胞。……本研究發現讓小鼠每天暴露在強光（特別是藍光）數分鐘，可以活化毛囊幹細胞再生新髮。……此研究也揭示了視網膜內的內生感光視神經細胞調節自主神經系統的新功能，以及提出眼睛與控制生理時鐘的腦區有多重神經迴路，來控制許多不同的生理功能的可能性。

讀完大吃一驚！原來臺大團隊研究的主要發現並不是探討藍光是否影響人類的睡眠，而是發現「強光透過視網膜上的自主感光視神經細胞傳遞至視交叉上核，進而刺激交感神經後活化毛囊幹細胞」。這個結果講了兩

註3 國立臺灣大學新聞稿

件事：首先，團隊使用的實驗對象是小老鼠，不是人；其次，研究重點並非說明藍光造成失眠，而是小老鼠「手機滑久」了會比較容易長毛髮。

由於新聞報導和新聞稿的落差甚大，解剖員禁不住好奇心的驅使，去信臺大研究團隊向陳示國教授求證事情的原委。陳教授回覆說明研究是使用約兩千燭光的高強度藍光照射小老鼠八分鐘，發現會提高交感神經活性約一小時，進而活化毛囊。也就是說，研究中的小老鼠的確被照射了八分鐘的藍光，但這藍光（兩千燭光等級）與約六十燭光的手機[4]強度差距甚大！甚至，交感神經活化會增加醒覺並不是本研究的主要發現（早在二〇一〇年左右，國外研究就已經知道睡前照光會延後生理時鐘並且延後睡眠），「活化毛囊幹細胞」應該才是這項研究的主要結論及過人之處！

再進一步對照原始研究登載在期刊的標題與內容[5]，更可以確認「毛囊幹細胞」才是本研究重點，論文中的照片也清楚呈現實驗組與控制組兩相對照下，實驗組老鼠經過藍光照射後身體長出毛髮的情形。

註4
手機亮度

註5
《美國國家科學院期刊》，二〇一八年七月號

被高強度藍光照射的老鼠，身體毛髮產生變化。／PNAS

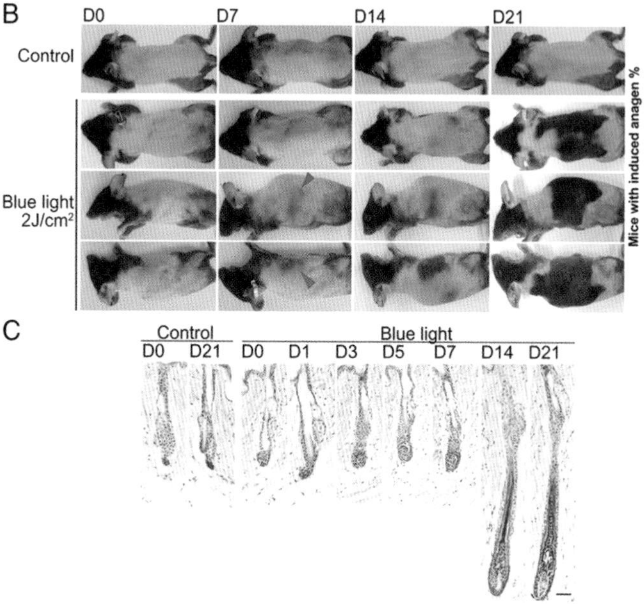

至此，真相大概可以明朗地歸納成下列三點：

1. 失眠的是老鼠不是人。

2. 照射老鼠的藍光強度比手機強很多。

3. 關鍵的重要發現不是老鼠失眠，而是牠會長出額外毛髮。

三、媒體發酵新聞的過程

既然臺大的整篇新聞稿當中完全沒有提及任何八分鐘及一小時之間的關係，媒體又是如何得出「睡前滑手機八分鐘會晚睡一小時」的結論，並且當成醒目標題呢？

臺大研究團隊在二〇一八年九月二十七日上午召開記者會公布研究成果，之後媒體便陸續刊登報導，而且各家媒體的報導出現高度一致性。例如〈恐怖效應！臺大研究：睡前滑手機八分鐘、晚睡一小時〉，這是本案情第一次在新聞標題中出現「八分鐘」與「一小時」的關鍵字，甚至還以「恐怖效應」來形容藍光對於睡眠的負面影響，報導內文中提到：

> 陳示國指出，研究發現在小鼠即將進入睡眠時，給予眼睛較強的藍光刺激，結果發現會高度活化小鼠全身的交感神經，造成心跳加速、出汗、血壓升高及活化腎臟交感神經，同時也會使得休眠的毛囊幹細胞活性增加，且僅八分鐘的刺激，即可持續造成全身交感神經興奮超過一小時。

明明陳教授所宣稱的研究主角是小老鼠的毛囊幹細胞，但是幾乎各家媒體都以「滑手機八分鐘會晚睡一小時」為新聞標題，像是〈「睡前滑手機八分鐘，晚睡一小時」臺大研究：藍光使人亢奮〉[6]、〈臺大研究證實：睡前滑手機八分鐘，會讓你「high」一小時〉[7]、〈常常睡前滑手機？臺大研究：滑八分鐘會 high 一小時〉[8]等，而報導內容大多是向民眾宣導手機藍光會影響睡眠，並以臺大及世界級期刊為背書，警惕民眾不要在睡前滑手機以免造成失眠。

註 6 風傳媒（網站）

註 7 The News Lens 關鍵評論網

註 8 TVBS 新聞網

解剖總結：對於科學研究成果不應過度詮釋！

與「健康」相關的報導往往能引起民眾關注，健康保健的資訊也時常在LINE和其他通訊軟體的群組中互相轉發，或許科學研究的過程與成果對一般民眾而言較為艱澀，但也不應該張冠李戴。這次事件中，媒體在知識轉譯的過程出現謬誤，科學家真正的傑出研究成果沒有被充分理解，還被報導成錯誤的健康資訊，不僅抹煞、曲解研究團隊的貢獻，更誤導了民眾的認知。

這樣的報導甚至可以算是偽新聞了，它第一次流通是肇因於媒體專業度不足所造成的「似是而非」報導，第二次流通則是一般民眾的好事推播。這種類型的偽新聞看似無意，卻是最常滲透在我們日常生活中的樣態，遊走在真實與虛假的邊緣，光靠事實查核根本無法窮盡，如果我們不能具有足夠好的辨識及判讀能力，這樣的偽新聞就會生生不息地繼續繁衍。

綜合以上討論，顯然這篇報導並未將科學團隊的研究成果如實呈現給大眾，不但省略了重要的研究發現，還誤導了研究過程中的生物實驗反應，以世界級科學期刊作為背書，再用聳動的標題攻占讀者眼球，實不可取。

據此，本解剖室給予這系列報導以下評價：

十一顆骷髏頭！

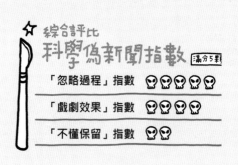

第三單元

科學新騙局

3-1

熱苦瓜水能抗癌並救你一輩子，境外專家背書就可信嗎?!

案情：熱苦瓜專殺癌細胞？

每年三月，臺灣就會進入瘋媽祖的三月天，不論基於什麼理由跟隨遶境進香，其中一定有一群人是為了自己或親友的平安健康而走，醫療保健總是這個時代最能引起大家關注的議題。解剖員就曾收到親友團傳來下頁這一則「熱苦瓜～只殺癌細胞」救世救苦的訊息。

從字面一看，又是一則帶有專業人士背書的訊息，依據解剖員多年經驗，這次案情肯定不單純。「熱的苦瓜水可以救你一輩子」，如此斬釘截鐵帶有戲劇性的承諾，解剖員實在無法點頭說讚。這則訊息的背後究竟發生什麼事呢？

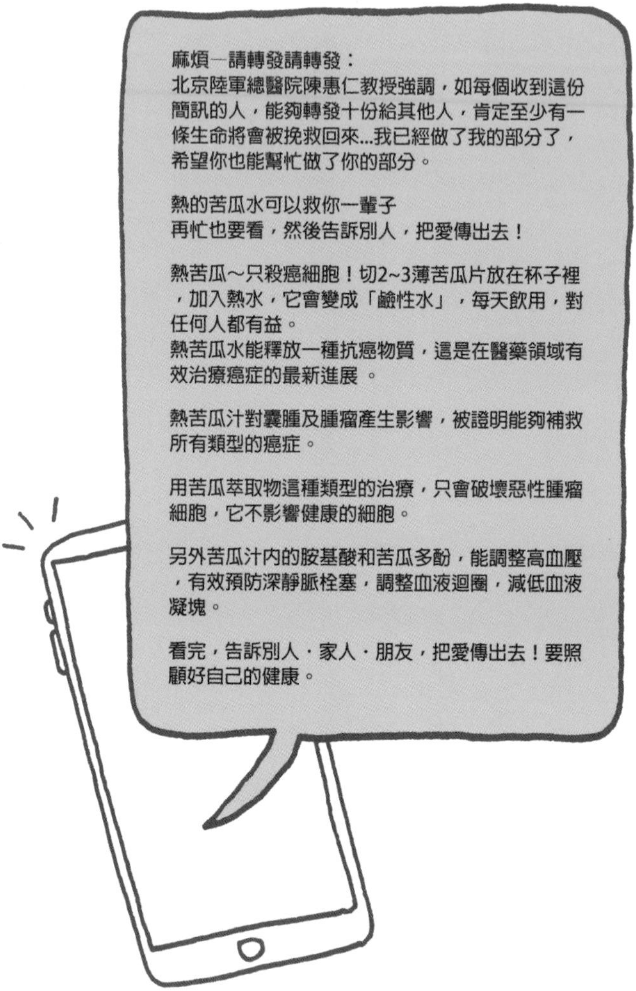
麻煩—請轉發請轉發：
北京陸軍總醫院陳惠仁教授強調，如每個收到這份簡訊的人，能夠轉發十份給其他人，肯定至少有一條生命將會被挽救回來...我已經做了我的部分了，希望你也能幫忙做了你的部分。
熱的苦瓜水可以救你一輩子
再忙也要看，然後告訴別人，把愛傳出去！
熱苦瓜～只殺癌細胞！切2~3薄苦瓜片放在杯子裡，加入熱水，它會變成「鹼性水」，每天飲用，對任何人都有益。
熱苦瓜水能釋放一種抗癌物質，這是在醫藥領域有效治療癌症的最新進展。
熱苦瓜汁對囊腫及腫瘤產生影響，被證明能夠補救所有類型的癌症。
用苦瓜萃取物這種類型的治療，只會破壞惡性腫瘤細胞，它不影響健康的細胞。
另外苦瓜汁內的胺基酸和苦瓜多酚，能調整高血壓，有效預防深靜脈栓塞，調整血液迴圈，減低血液凝塊。
看完，告訴別人．家人．朋友，把愛傳出去！要照顧好自己的健康。

解剖：世上有全效的抗癌物嗎？

一、熱苦瓜水真的是抗癌救星嗎？

乍看這則訊息內容真的很讓人振奮，只要吃下、喝下滿滿的苦瓜就能對抗癌症、挽救高血壓，如果是這樣，苦瓜應該就具有「世界最有價值蔬菜」的地位了。但訊息中的科學疑點恐怕讓這件事不是這麼樂觀。

㈠苦瓜為什麼要是熱的？

訊息中特別提到「熱」苦瓜，為何一定要熱的苦瓜才會有療效？查找了許多關於苦瓜的報導及研究資料，只能得知苦瓜確實是評價不錯的好食物，例如在〈苦瓜：瓜中C王的營養成分〉[1]這篇文章中就提到苦瓜好處多多，裡面含有多種胺基酸及無機鹽，可增進免疫能力，激發增加淋巴T細胞[2]和殺手細胞[3]數量，強化抗病力和抑制腫瘤成長，特別是維他命C的含量居瓜類之冠，有「瓜中C王」之稱。但卻一直未能發現任

註1 財團法人臺灣癌症基金會

註2 T細胞

註3 殺手細胞

何文章討論過苦瓜「加熱」後的特別效用，加熱後的苦瓜究竟會產生什麼質變？會因此多出什麼特別的療效？全都無從得知。（可以確定的是苦瓜加熱後比較好吃是真的。）

(二) 鹼性究竟對人體有什麼好處？

從科學的角度來看，食物確實有酸性、鹼性之分，苦瓜也是貨真價實的「鹼性食物」。所謂「鹼性食物」，指的是當食物被我們呼嚕呼嚕吞下肚子、分解、消化、吸收，經過一連串代謝反應後，會在身體中產生比較多的鹼性物質，而人們就是以「食物代謝產物的酸鹼性」來定義食物的酸鹼性，在這樣的分類下，苦瓜就成了專家所謂的鹼性食物。

然而鹼性食物很稀罕嗎？其實大部分蔬果代謝產物的鹼性都比較強，像是檸檬、蘋果、豆芽菜、菠菜、杏仁，這些都是我們經常攝取的鹼性食物，鹼性食物處處都是！假使這則訊息是真實的話，這種鹼性食物加上熱水而形成的「鹼性水」都需要每天來一杯，那麼不只是苦瓜水，檸檬水、豆芽菜水、菠菜水、杏仁水應該也都可以拿來日日暢飲，用不著把苦瓜水說得這般稀有與神奇吧？

更重要的是，鹼性食物真的可以改善人們的身體嗎？這個問題的背後隱含了許多民眾心中根深蒂固的迷思——「鹼性食物可以讓人擁有健康的鹼性體質」，你一定聽過下列說法：酸性體質就是吃太多油炸食物跟甜點、容易被蚊子叮就是你的血液太酸、酸性體質容易引發癌症等。其實這種「缺〇〇就補〇〇」的想法經常是誤會，科學上根本就沒有「酸鹼體質」的說法，尤其是二〇一八年底的時候，那位「酸鹼體質理論」的創始人楊恩（Robert Oldham Young）先生，才被美國法院狠狠罰了一億美元，理由是他所主張的論點毫無科學根據，「酸鹼體質理論」根本是長達數十年的醫學騙局[4]。

在正常的飲食和身體狀態下，無論是酸性食物還是鹼性食物，一旦吞下

註4
TechNews 科技新報
（網站）

肚，人體中各種複雜又強大的器官就會使出它們的洪荒之力，妥善處理好食物消化後的產物，讓身體保持在最適當的酸鹼值。你每天到廁所噓噓或是呼吸時吐出二氧化碳，都是身體調節酸鹼值的重要活動，能使體內的血液系統維持在穩定、健康的酸鹼值內。如果你的身體真的有異於常人的酸性或鹼性，就表示代謝系統本身出現嚴重的問題，有很大的可能是已罹患重症，甚至病入膏肓了，就像是慢性腎臟衰竭的病患的身體就很有可能會呈現酸性。所以一味追求「鹼性水」的療效，是徹徹底底的誤解。

(三) 熱苦瓜汁真的被證明能夠挽救所有類型的癌症？

該訊息裡面把「某一種」但是卻沒有明說是「哪一種」的抗癌物質形容得十分神奇，混入來源不清楚的科學研究成果經常是這類型訊息的共通特點，大部分情形都是言過其實。隨機檢視國內外有關苦瓜的幾則研究成果為例，二〇一五年屏科大生物科技系研究團隊從苦瓜中分離出「三

註5 國立屏東科技大學新聞稿

註6 紀念斯隆．凱特琳癌症中心官網

註7 《中國天然藥物》（*Chinese Journal of Natural Medicines*），二〇一六年二月號

萜類化合物」，能顯著預防老鼠皮下腫瘤的生長[5]，但這是作用在老鼠的狀況，距離人類身上的應用還有一段很長的距離。著名的紐約「紀念斯隆．凱特琳癌症中心」(Memorial Sloan Kettering Cancer Center) 網頁[6]中也有關於苦瓜療效的相關研究彙整，提到苦瓜萃取物在實驗室中殺死老鼠白血病細胞並減緩乳腺癌的生長，但尚不清楚這些效應是否會發生在人類身上。其他包括二〇一六年[7]及二〇一八年[8]國外專業期刊的研究報告，也都有類似的結論。苦瓜在現階段或許可以證明是很不錯的食物，但是有該訊息中所宣稱的神奇功效嗎？顯然是沒有！

二、原來「苦瓜」本來是「檸檬」

這一則訊息中也提到了「苦瓜汁內的胺基酸和苦瓜多酚，能調整高血壓，有效預防深靜脈栓塞，調整血液迴圈，減低血液凝塊。」食用苦瓜，確實有許多好處都和降血糖、控制糖尿病相關，例如〈苦瓜於血糖控制之功效及安全性回顧〉[9]、《這樣吃苦瓜，糖尿病來也不怕》[10]、《苦瓜萃

註8 《*ScienceDirect*》，二〇一八年九月號

註9 《臺灣營養學會雜誌》，三十五卷三期

註10 宇文靖著

取物調整血糖之活性成分的探討》[11]等。鼓勵大家多吃苦瓜促進健康，其實也不是壞事，只是解剖員在資料檢驗的過程中，竟然發現了這一則訊息的孿生兄弟，驚訝到下巴差點掉下來。

這一篇相似度超過九〇%的訊息，標題是：「熱檸檬~只殺癌細胞」[12]，你沒有看錯，真的通篇訊息只有「苦瓜」跟「檸檬」的差別，除了多增加一句「冰凍檸檬水只有維他命C，就如蕃茄需要煮熟才有茄紅素」這句之外，就連「苦瓜多酚」也不過就是換成「檸檬多酚」。

在經過一番抽絲剝繭後，終於發現謠言的原始版本其實已經在中國流傳好一段時間了。根據中國上觀新聞[13]（二〇一八年七月）記者的考查，說這是從幾年前「熱檸檬水能抗癌」的謠言所演變出來，中間還一度成為「熱鴨梨水能抗癌」，最後才演變為「熱苦瓜水能抗癌」的版本，三者的內容幾乎一模一樣，不同的只是把「熱檸檬水」換成「熱鴨梨水」，再換成「熱苦瓜水」。

註11 申一中著

註12 食今不昧（微信群）

註13 上觀新聞（網站）

這些謠言不單只在網站之間傳播，還在微信（WeChat）上大量流傳。「熱鴨梨水能抗癌」甚至成為了二〇一八年六月微信十大謠言[14]的第一位（微信在中國是類似於 Facebook 和 LINE 的混合體，擁有巨大的使用群體），不幸的是，這則像是複製喪屍的訊息，竟然就輕易地登陸臺灣。

三、境外專家如何「跨海」推廣苦瓜療效？

解剖到這裡，就不得不抱怨一下訊息開頭這位北京陸軍總醫院的陳惠仁教授，他究竟是何方神聖，為什麼這麼多事呢？後來才發覺陳惠仁教授也是受害者，二〇一八年三月他曾因為不勝其擾而特別撰寫專文澄清[15]，指出「熱檸檬水能抗癌」的謠言是有人冒用發表。陳教授的專長是血液病學，從未做過食物抗癌的研究，也從未在網絡上、微信上發表過任何食物抗癌的文章，對他來說，根本是天上掉下來的莫名災難。解剖員利用另一個專門用於辨別訊息真偽的中國官方帳號「全民較真」，以「苦瓜水」和「陳

註14 騰訊科技（網站）

註15 食今不昧（微信群）

惠仁」為關鍵字搜尋，出現了一篇潘戰和醫師的查證（二〇一八年六月），大致上也註解了網絡上各種「熱ＸＸ水能抗癌」都是假訊息。

最耐人尋味的地方是，原本在中國流傳的謠言訊息到底是怎樣登陸臺灣的呢？解剖員研判起碼有兩個路徑促成了這件事：第一個可能路徑最簡單，就是個別用戶把微信收到的假訊息「複製貼上」到LINE或Facebook之上，再透過「群組」、「一般訊息」或「動態訊息」等功能轉發出去。畢竟臺灣與中國的人民互動頻繁，同時擁有微信、LINE和Facebook的用戶並不在少數。

第二個路徑則可能是透過內容農場大舉登陸臺灣。在惡名昭彰的內容農場網站「每日頭條」裡面就收藏了一堆這樣的文章。譬如，「熱檸檬水」就有〈熱檸檬水～只殺癌細胞〉、〈熱檸檬汁有抑制癌細胞作用〉、〈一杯熱檸檬水的祕密〉；「熱鴨梨水」有〈只殺癌細胞，最新發現！〉；「熱苦瓜水」則有〈苦瓜的妙用〉、〈熱的苦瓜水可以救你一輩子，你不知道的冷知識！〉、〈熱的苦瓜水可以救你一輩子！〉等。雖然很難確定謠言是否一定是先登陸內容農場再散播出去，但可以確定的是內容農場所帶來的推播作用不容忽視。

從這一串苦瓜療效的散播過程來看，可以發現原來科學專家變成偽新聞苦主的現象是不分國籍、不分海內外，就算是對岸的專家苦主也會輕易飄洋過海來臺灣傳遞「福音」，加上這些境外專家的名號並不被臺灣民眾所熟知，所以更容易誤導民眾。在偽新聞製作門檻如此低的時代，專家的名號特別容易被移花接木濫用，因此你如果看見訊息裡有科學家、醫生、研究者、教授等響亮稱謂可別立即雙腿一軟、俯首稱臣，否則就成了偽新聞傳遞的最甜蜜溫床。

解剖總結：對於內容農場的訊息要格外警惕！

這些境外而來的偽新聞之所以跨海之後仍然如此活躍，一方面當然拜民眾的熱心自主轉換系統（從微信轉到 LINE）所賜，一方面也靠內容農場推波助瀾。著名的「蘋果仁」科技網站就曾分析指出[16]，「壹讀」、「每日頭條」這類內容農場往往可以穩占 Google 搜尋結果的前方，原因之一就是這些內容農場有很多文章最初都是先刊登在中國微信官方帳號，再經由內容農場轉移出來由簡轉繁，優化修改後重新發表。但由於微信的內容對 Google 的搜尋技術而言並不友善，所以原文的出處及相關的澄清文章並不容易同步出現在搜尋結果中，導致這些境外的科學假訊息就像是「二次公害」一樣，繼續換地方迷惑民眾。綜合前述分析，本解剖室給予這系列訊息以下評價：

十五顆骷髏頭！

註16
蘋果仁（網站）

綜合評比

科學偽新聞指數 滿分5顆

「不懂保留」指數 💀💀💀💀💀

「理論錯誤」指數 💀💀💀💀

「忽略過程」指數 💀💀💀💀

「多重災難」指數 💀💀

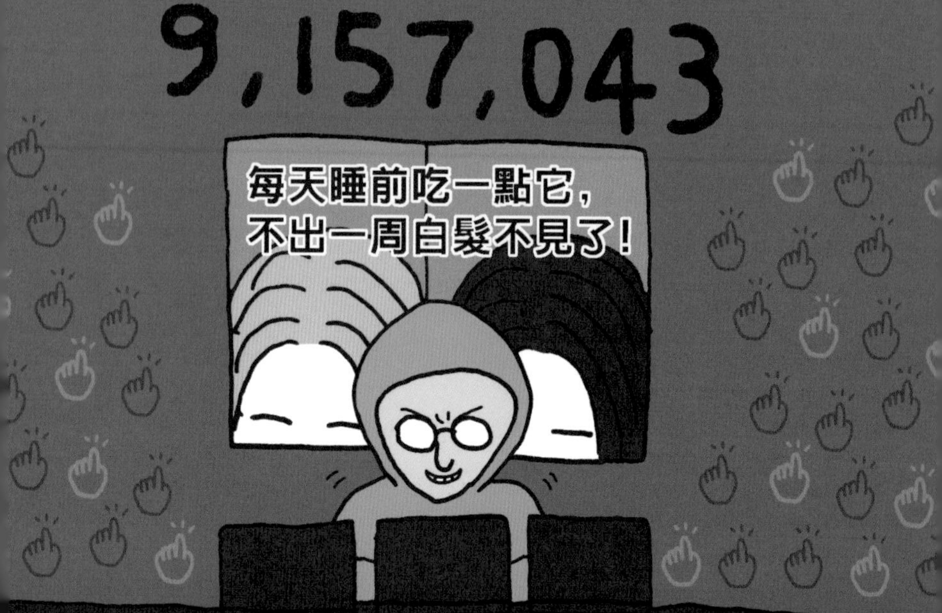
9,157,043
每天睡前吃一點它，
不出一周白髮不見了！

3-2 每天睡前吃一點，不出一週白髮不見了！你試過了嗎?!

案情：為了長出黑頭髮被騙也甘願？

前幾天解剖員的阿嬤傳來了一則LINE訊息，點開一看是影音訊息：「每天睡前吃一點它，不出一週白髮不見了，快收藏吧！」[1]。光看標題就有濃濃的農場味，一看更不得了，這支影音可是有著九百多萬爆量點閱率[2]，可說是科學新聞解剖室永遠都到達不了的成就，當場嚇得解剖員目瞪口呆。而且阿嬤表示，她一天可以收到好幾則類似的訊息，淺顯易懂還滿好看的，看完也會忍不住轉傳嘉惠老友跟子孫。究竟這樣的訊息有什麼特殊之處可以吸引這麼多人去看？如果有錯誤的話，可是會影響不少人，該如何是好？

解剖：科學偽新聞的影片有什麼特徵？

一、農場影片與科學的距離

註1 〈每天睡前吃一點它，不出一週白髮不見了，快收藏吧！〉（影片）

註2 本篇提及的統計，都是截至二〇一九年二月二十五日的資料。

這支影片裡面提供了許多讓頭髮由白轉黑的偏方，跟著影片那樣吃究竟有沒有效呢？解剖室團隊裡面有的已白髮蒼蒼，也很想要知道照著影片飲食方法吃一週之後，頭上白髮是不是真的會不見。以下解剖員就逐一來看看影片內容的真實性。

東方人的頭髮由黑轉灰白，基本上是緩慢的生理過程，最直接的原因在於頭髮中黑色素的減退。該影片先從白髮的成因說起，點出每個人白髮的成因都會有所不同，男性是因為腎精虧損，女性是因為肝血不足，少年白則可能是因為遺傳、壓力大、腎精不足、長期熬夜等因素。影片到這裡雖然都僅是泛泛之談，但是勸人作息正常，倒也沒有什麼不好。

接著影片建議白髮變黑的「療法」，第一是避免使用染髮劑，因為「染髮劑對身體是不好的」，這裡一竿子打翻所有染髮劑倒是有點欠缺公允，畢竟染髮劑還是有品質之分。第二是從外部護理做起：一、建議用四十度的溫水洗頭；二、先沖一分鐘水，再用洗髮水；三、邊洗頭邊用手指腹部輕輕按揉頭皮；四、洗頭後不要用手巾猛搓頭髮，應用手巾輕輕抹乾，再用暖風機輕輕吹乾、梳直。等等！這些步驟似乎沒有區分是為了治療男性白髮、女性白髮、還是少年白髮，看起來根本只是一般的護髮步驟，白髮怎麼可能這樣就變黑？尤其是第四點，洗完頭擦乾時不要猛搓頭髮應該是為了避免頭髮分岔嚴重吧。（不說還以為是在看洗頭教學。）

再來是介紹各種食療法，其中提到了桑葚、黑芝麻、核桃、桑葚乾、蜂蜜水、水果燕麥、何守烏、財魚、紅棗、黑豆、醋等食物。不像醫學文獻會將食物的屬性、用法說清楚，這影片僅說明某部分食物的療效以及描述部分食物的進食方法，影片標題與內容經常搭不起來或是語焉不詳。例如影片標題是「每天睡前吃一點它」，到底是不同的食物每天都吃一點？還是每天吃一點相同的東西？影片又提到：「再加上這款沖劑中還含有黑芝麻……每天早上來一杯，還能在不知不覺中恢復黑髮。」「建議可以每天早上用它（桑葚乾）來泡蜂蜜水渴，對烏髮效果更好。」「這款水果燕麥中含有黑燕麥成分。」沖劑指的是什麼？到底是要睡前吃一點還是早上來一杯？這些東西可以混一起吃嗎？「這款水果燕麥」是指影片畫面中的產品嗎？凡此種種不只與標題不符，也欠缺清晰的指示，坊間電臺賣藥的服用說明可能都比這些明確許多啊！此外，影片中提到「腎健康了，頭髮自然就黑回來了」，自然老化的長輩只要顧好腎臟，頭髮也會由白返黑嗎？這不科學啊！

對應較早前有關少年白髮的成因，醫學文獻[3]指出，在飲食、用藥上都需聽從醫生建議服用，並且平常多食蔬菜，飲食清淡多樣也能有助治療白髮。除此之外，還要保持心情愉快，並加強身體鍛鍊以提高免疫力。可見想要改善白髮的狀況，有許多不同的生理及心理因素需要配合，更需要

註3
〈青少年白髮的病因及其治療、預防〉

長期飲食及生活習慣的改變，不是一朝一夕的「速成」方法所能夠達成。

二、農場影片的吸睛手法

影片裡這麼多有講等於沒講的內容，怎會有九百多萬的爆量點閱率呢？這實在讓解剖員耿耿於懷，接著檢視這些性質類似的 YouTube 頻道後赫然發現，這些農場影音的表現手法相當一致。以下就以阿嬤傳來的這支影片當作範例來分析，看看這樣的影片究竟是如何吸睛。

這則影片來自「心靈舒果」頻道（訂閱數五十九萬人），這個頻道的影片在視覺呈現上有著驚人的一致性，解剖員歸納如下：

㈠字級超大並緩慢上捲

影片一律搭配超大文字，還加上外框，增加易讀性與辨識度，同時搭配緩慢上捲的播放模式。

㈡影片時間

影片長度多數是五分鐘上下，對避免閱讀疲乏感的掌握度很高，就在你想要放棄的時候，影片也剛好播完了，很完美。（但解剖員則是使用兩倍速才勉強看完這些影音。）

㈢ 廉價的背景與配樂

背景圖片單純，多數是影片內提到的名詞圖片，例如桑椹、紅棗、核桃等，而背景音樂是水晶音樂、心靈音樂，沒有吵人的旁白。

整體而言，這些影片彷彿是專為了高齡族群量身打造，十分便於長輩觀看，可謂非常貼心，即使製作相當陽春簡單，點閱數卻居高不下，傳播力道驚人。

再回到這支頭髮影片，除了前述的視聽效果外，敘事模式也非常「內容農場」化：先花五分之二左右的篇幅說明該如何洗髮，再說該吃什麼，所援用的中醫觀點沒有特別的根據，但是從標題到內容的敘述口吻都很堅定，彷彿人人都適用、沒有例外。在網路上也找得到這則影片的文字版，圖片、文字與影片如出一轍，可以說這影片就是「內容農場的長輩影音版」無誤。

除了前述特質之外，該頻道的其他影片還有幾點有趣的敘事特徵：

㈠農場式浮誇標題

影片標題與內容農場文章一樣，維持「語不驚人死不休」的浮誇、驚悚，「每天睡前吃一點它，不出一週白髮不見了，快收藏吧！」每天吃一點就能在一週內消滅白髮，這標題實在太誘惑人了。（但不管你信不信，解剖員是不信！）

㈡題文不符

標題與影片內容經常嚴重搭不起來，例如「蘋果千萬不能和『它』一起吃！比砒霜還毒！」影片[4]，只說出蘋果的各種優點，完全沒說究竟蘋

註4〈蘋果千萬不能和「它」一起吃！比砒霜還毒！〉（影片）

果不能跟什麼一起吃，好像只是要把人騙進去賺點閱率而已，到底是什麼不能和蘋果一起吃啦？（摔滑鼠）

(三)常常天外飛來一筆

例如這支黑髮影片中出現「中醫認為桑葚味甘性寒，能滋補肝腎、補血養顏、生津止渴，再加上這款沖劑中還含有黑芝麻，兩者相結合既起到了補腎的功效，每天早上來一杯，還能在不知不覺中恢復黑髮。」（影片三分三十八秒處）沖劑？什麼沖劑？類似這種天外飛來的沖劑，經常使人在觀看過程中出現許多問號。

(四)偏好援用「某某研究」

有些影片會提到「根據最新科學研究」，例如「最新公布的二十個長壽法，吃蘋果排到了第十四、喝茶排到了第十三，排第一的竟是……」[5]中的「世界各國權威部門公布了最新的二十個長壽方法，簡單易學，可

註5〈最新公布的二十個長壽法，吃蘋果排到了第十四、喝茶排到了第十三，排第一的竟是……〉（影片）

以幫助中老年朋友降低血壓，保護心臟，預防糖尿病和老人痴呆症」，裡面集結二十項國外研究，但每項都交代不清不楚，彷彿是借一下名頭壯壯膽。

(五) 鬼打牆之重複論點

鋪陳半天才進入主題，內容卻一直重複，例如「每晚洗腳時放一點，半個月體內溼氣全無，肚子平了，腰也細了」[6]，影片中一直鬼打牆地重複類似的標題，不禁讓人懷疑是否工讀生累了！

(六) 偶有非臺灣慣用語或錯字

不知是不是因為源自境外（世界分工），經常會有許多怪異的用語或顯而易見的錯字，例如「每天睡前吃一點它，不出一週白髮不見了，快收藏吧！」這影片中出現「烏髮養發」、「洗髮水」、「咱們」、「桑甚干」等各種非臺灣慣用語法。

註6 〈每晚洗腳時放一點，半個月體內溼氣全無，肚子平了，腰也細了〉（影片）

㈦一定會提醒「訂閱我」、「瘋傳吧」

影片右下角多會有「訂閱」的符號，讓人輕鬆簡單就能訂閱頻道，不漏掉任何一則嚇到吃手手的影片。而影片尾聲也一定會出現：「喜歡這篇文章嗎？立刻分享出去讓更多人知道」，想必是傳愈多賺愈多。

此外，這類影片還有一個很特殊的地方，就是點閱量與留言量嚴重不成比例，以最近火紅的 YouTuber「理科太太」最多點閱率的影片為例，分別是一百二十七萬次點閱數及一千三百九十八則留言，另一個「阿滴英文」頻道，最多點閱率的影片則有二百七十五萬次點閱數與一萬零七百八十九則留言！但這支黑髮影片雖有九百一十三萬次點閱數，但留言數卻僅有四百四十一則，比例相當懸殊。再進一步逐一查看影片下方的留言，大致可分成三種類型：

㈠冷嘲熱諷

例如「如果你真能使人一週內白髮變黑髮，你必可得諾貝爾獎。」「看完，頭就白了。」「我的頭髮本來不白的，但看完這條片子後，我卻覺我的頭髮好像有點白了。」

(二) 嚴正反駁

例如「心靈舒果不要再誤人子弟了。」「不要再傳遞一些未經證實的消息，害死人呀。」

(三) 勸世說理

例如「理論說得似是而非，不是很負責的態度。有種刻意譁眾取寵的用意。而且，就拿核桃來說，它是滋補，但脾胃弱者或消化得慢，反而不能常吃。」

從結果可以合理推論這些點閱數多是透過像 LINE 這類通訊軟體導流到 YouTube，點閱的人並不是這些頻道的特定擁護者，所以也不會針對這些議題有太多的討論或互動，大致上就是「看完就丟」、「反正就點點看」。顯然高度使用 LINE 群組的長輩團、對於訊息缺乏思辯的同溫團，都會是這類影片的消費大宗，值得警惕啊！

三、農場影片的誕生過程

擁有這些巨大聲量的農場影片，它是如何誕生的呢？過程很繁複嗎？若用心觀察長輩經常會轉傳的 LINE 影片，就會發現這種類型的影片具有非常強烈的存在感，相較於閱讀一篇密密麻麻的健康知識文章，人們更願意點開影片，連頁面都不需要用手滑動，只要舒服地躺在沙發上，慵懶地看著字幕緩緩往上滾動，伴隨著溫柔的輕音樂，就能輕易完成一場神聖又高貴的知識洗禮。然而，雖然它擁有驚人點閱率，它的產製卻是異常簡單，現在，就讓解剖員隆重為你介紹農場影片的誕生過程：

1. 想像你自己是專門生產農場影片的頻道經營者，你用很快的速度選擇了一篇有聳動標題的農場文章。

2. 一一對著文章裡面的圖片按下右鍵，另存新檔，先存起來。如果文章裡沒有足夠的附圖，怎麼辦？不要緊，直接上網找適合的圖片下載，像是洗滌心靈的蓮花啊，各種高清的自然風景圖等，都非～常～適～合～使用唷！

3. 開啟簡單的影片編輯軟體，甚至是PowerPoint也可以。把存好的圖片放大，作為影片背景，再將文章內容一字不漏複製到影片裡，貼心的你還會把字級放大再放大，配上鮮豔的字體顏色和框線，方便長輩們閱讀。

4. 將文字配上動畫，並配合觀賞者的閱讀節奏，讓字幕持續向上滾動，記得要慢慢地～慢慢地。

5. 影片的最前面絕對不可以遺漏聳動而斗大的標題，以吸引充滿求知欲或好奇心的人。

6.一定要記得加上療癒人心的輕音樂，才能讓觀賞者在輕鬆愉悅的氣氛下觀看這則「實用」的健康資訊。

7.影片的最後，不忘提醒大家記得按喜歡、按訂閱，認同請分享。

8.最終，把影片上傳至影音平臺。你會驚喜發現，這支可能只耗費你一小時編製的影片得到廣大迴響，在網路上四處被轉發、轉載。

由上可知，農場影片幾乎能夠不假思索地完成，製作者不需要為影片的內容多加琢磨，逕自搬運文字即可，所耗費的時間和成本相當低廉，目前在 YouTube 氾濫不已的農場影片差不多都是以這樣的 SOP 產出，若有差別，也是大同小異。有心人輕易地將充斥謠言、偽新聞的內容農場文章，轉用影音型態為媒介，嚴重滲透到我們的生活裡面，這樣的情況比起內容農場文章的氾濫更加使人憂心。

四、農場影片的生存之道

這個時代偽新聞問題已經幾乎是國安等級了，內容農場更是其中的生產大戶，防不勝防。解剖員嘗試追蹤這支影片的文字資料來源，發現這可不是簡單的事情，網路上四處都是一模一樣的標題，包含文章內容、圖片都相差無幾，大部分網站也都未註明資料來源，或是參考資料的連結早已失效，根本無法完全確認哪一個網站才是第一個發表的平臺。

內容農場網站的文章處處是爭議，這種不負責任的傳播平臺總是遊走在法規的灰色地帶，為了規避檢舉和法律責任，它們經常更換網域，動輒另起爐灶，使得內容農場網站汰舊換新的速度很快，也不易找到過往的資料來源，加上網站彼此重複轉發的次數與頻率非常高，所以就很難在茫茫內容農場中找到影片和文章的最初源頭。

以白髮變黑髮這一則為例，目前解剖員找到最早的文章發布時間是二〇一七年一月十六日在中國網站「今日頭條」[7]，著名的內容農場「COCO01」[8]也在同日發表文章；隔天十七日在「COCO 大馬」[9]現蹤，

註 7 今日頭條（網站）

註 8 COCO01（網站）

註 9 COCO 大馬（網站）

十八日「愛經驗」[10]接著刊登，隨之熱烈延燒至各大網路平臺和社群媒體，直到二〇一七年四月二十八日「心靈舒果」於YouTube平臺上傳該影片。

你或許搞不懂為什麼有人要花力氣生產這樣的文章，答案就是不論真實世界或網路世界，商業邏輯裡不變的硬道理：「人潮就是錢潮。」一開始，有人發覺到網路流量所帶來的驚人利潤，因此想盡辦法要博得流量，以期獲得廣告的收入，其中一種手段就是聘請海量寫手，用極低的成本和時間撰寫大批品質低劣的文章，配上前述各種吸睛的手段，將文章刊登在架設好的平臺，並由眾多的導流者在網路各地大肆分享。最後，這些文章產生的點閱和曝光收益就分配給所有的寫手、導流者和平臺，這種為了寫而寫，大量產出而不在乎內容真實和品質的巨量文章平臺，就稱之為「內容農場」。

而本文探討的農場影片，就是由內容農場文章衍生出來的副產品，但

註10
愛經驗（網站）

相較於文章，在重視影音行銷和傳播的現今社會，影片有更得天獨厚的觀賞偏好和傳播速度，尤其對受老花眼所苦的長輩而言，影片呈現文字的方式對他們來說更加友善，也使得農場影片在長輩的社群裡面被快速、洶湧地分享。

農場影片和農場文章相似之處在於同樣的內容都會在不同的平臺、頻道上重複轉發、轉載。若單就 YouTube 平臺來看，在「每天睡前吃一點它，不出一週白髮不見了，快收藏吧！」的文章發布以後，「心靈舒果」在二○一七年四月二十八日搶先第一個發布影片，隨即在 YouTube 的不同頻道就陸陸續續上傳了十九支一模一樣的影片[11]，最新的一支是二○一八年十月二日所上傳，名字都是「每天睡前吃一點它，不出一週白髮不見了，快收藏吧！」，產製方式和「心靈舒果」也都相去無幾。

無論從科學的角度或影片製作的標準而言，這些影片無庸置疑都是極

註11 YouTube 平臺搜尋結果

為粗製濫造、品質不佳的內容，但驚悚的是，如此低劣的影片卻享有驚人的聲量。這個頻道二〇一六年開始頻繁發布大量的影片，滿滿全部都是內容農場影片，根據SocialBlade[12]網站的統計，至二〇一八年十二月十七日為止，短短兩年多它累積的觀看次數已足足逼近四億次！要怎麼理解四億次呢？相較臺灣YouTuber先驅者、長青樹「蔡阿嘎」主頻道的統計數據，舉辦十週年特展的蔡阿嘎，十年磨一劍至今就是四億兩千萬的總點閱數！兩者之間的對比，令人不勝唏噓。累積這麼多的點閱，還怕不能換算成現金嗎？製播農場影片可真是一門超級好生意啊！

註12 SocialBlad是統計和分析社群媒體數據的網站。

解剖總結：不要輕易傳播內容農場的影片！

綜上所述，新型態的農場影片儼然已成為 LINE 長輩群組中最容易散播的假訊息，若沒有稍加防備，可能將造成不可逆的傷害，傷人又傷己。

據此，本解剖室給予此類的影音訊息以下評價：

十五顆骷髏頭。

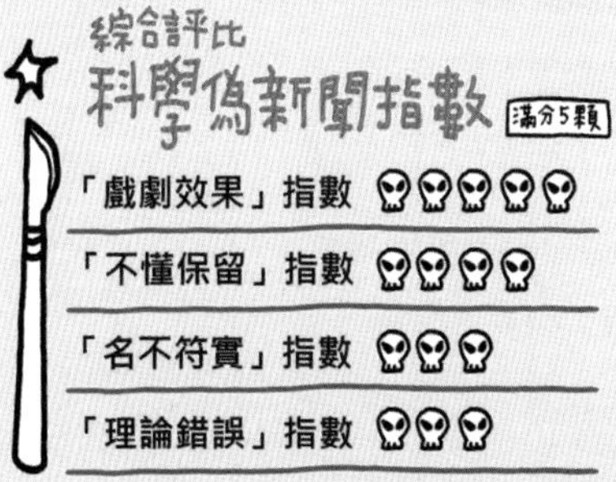

3-3

驚！奇！十大驚奇小常識，真的又驚又奇嗎?!

案情：「小撇步」跟「驚奇」怎麼會有關係？

自從智慧型手機人手一支之後，自從 LINE 成為人與人的主要聯繫方式之後，自從親友長輩們學會 LINE 之後……，LINE 裡面的訊息就經常成為大家生活上的指引。解剖員曾在親戚群組中收到了附圖這一則圖文並茂的「驚奇小常識」，這種驚奇小常識實在令人眼睛為之一亮，除了圖片上方斗大的標題清楚點出主題，這十個小常識還「似乎」都言之成理，而且用字簡潔、不囉唆，搭配圖片，更像專業的衛教宣傳單，直接告訴你如何解決生活上的小麻煩，無疑是有人佛心來著所做出的功德，兩三下解決常見的小困擾，連解剖員都躍躍欲試了。

但是，這麼輕易就可以得到的小撇步，真的是又驚又奇嗎？雖然心嚮往之，但畢竟解剖員也不是被驚大的，面對這種有點奇怪、有點浮誇、有點太過神奇的訊息型態，還是需要逐一解剖看看其虛實。

能讓你驚奇的小常識

吃了辣的東西，感覺就要被辣死了，就往嘴裡放上**少許鹽**，含一下再吐掉，漱一下口，就不辣了。

不管是鞋子的哪個地方磨到了你的腳，你就在鞋子磨腳的地方塗**一點點白酒**，保證就不磨腳了。

仰頭點眼藥水時**微微張嘴**，這樣眼睛就不會亂眨了。

眼睛進了小灰塵，閉上眼睛**用力咳嗽幾下**，灰塵就會自己出來。

打嗝時就**喝點醋**，立竿見影。

經常裝茶的杯子裡留下難看的茶漬，用**牙膏洗之**非常乾淨。

插花時，在水裡**滴上一滴洗潔精**，鮮花可以維持好多天。

剛被蚊子咬，**塗上肥皂**就不會癢了。

吃了有異味的東西，如大蒜、臭豆腐，**吃幾顆花生米**就好了。

只要在珠寶盒中放上**一節小小的粉筆**，即可讓首飾常保光澤。

解剖：訊息正確或錯誤的關鍵在哪裡？

本文所列舉的訊息只是眾多驚奇事件簿中的一個案例，由於資料量龐大，所以罕見地出動多位解剖員合力完成。經過多方的資料查找及比對之後，我們可以將這十個小常識依據科學原理的正確與否，區分成四種不同的類型，包括：「完全正確」、「完全錯誤」、「部分正確—但宣稱得太誇張」、「部分正確—要有某些條件或前提才會發生」，以下逐一來看看：

一、完全正確

在這十個小常識中完全正確的竟只有一個：「經常裝茶的杯子裡留下難看的茶漬，用牙膏洗之非常乾淨。」首先，我們來看看這些主角的主要成分：茶漬（又稱茶垢）的主要成分是茶多酚，是茶湯和空氣接觸後氧化所產生的聚合物，多半在茶線附近形成並且附著在容器內側。牙膏則是由摩擦劑、氟化物、表面活性劑等組成，這些成分具有清潔效果，確實也能清除茶漬。但是，尚需要澄清的是，牙膏之所以能夠去除杯子內壁上的茶漬，除了化學作用之外，最主要還是靠牙膏中所含的摩擦劑所產生的物理作用，也就是透過摩擦劑和杯壁摩擦，達到擦去茶垢的效果。依據這個摩擦去漬的物理原理，其實放少許的食鹽進行刷洗，也是會有類似效果。一般人會習慣用洗碗精、酵素等來清潔碗盤杯具，「牙膏」這個神奇的選項確實打破了日常的習慣，這一項真的有驚奇！

二、完全錯誤

屬於「完全錯誤」的類型則有兩個。一個是「吃了辣的東西，感覺就要被辣死了，就往嘴裡放上少許鹽，含一下再吐掉，漱一下口，就不辣了」，吃辣的東西時會感覺到辣，是因為「辣椒素」[1]對味覺神經產生作用，以及辣椒素與粘膜作用產生灼燒感，而純辣椒素是「斥水親脂」的化合物，

註1 辣椒素

所以，吃辣後在嘴巴裡含鹽並不會產生任何物理或化學反應，充其量只是讓味覺神經接收到「鹹」的感覺，可能因此原本「辣」的感覺就變得不那麼強烈。就像左手感覺到疼痛時，此時在右手劃上一刀，左手就會感覺沒有原本那麼痛，這是透過另一個刺激讓原本的感受程度下降。由於辣椒素的斥水親脂特性，使用含脂的食品像是牛奶、冰淇淋等等，或許就真的能有效去除附著在嘴巴裡的辣椒素，達到解辣的功效，坊間有些麻辣鍋店家在餐後會提供冰淇淋，就是這個道理。

另外一則是跟夏天常見的困擾有關：「剛被蚊子咬，塗上肥皂就不會癢了。」這個驚奇常識的原理應該是想利用肥皂中的鹼性物質來中和蟻酸，以達到止癢的效果，但殘酷的現實情況是，肥皂的作用僅止於皮膚表面，並不會進入皮膚內層，是否能中和已進入皮膚內的蟻酸有待商榷[2]。其次，被蚊子叮咬後皮膚會腫會癢，實際上不是蟻酸造成的，而是人體免疫系統即時反應的緣故。蚊子叮咬時會分泌唾液，唾液除了潤滑牠的口器之外，

註2
〈蚊蟲叮咬，這樣止癢最有效！〉

還能防止人體的血液凝固而阻塞口器，針對蚊子分泌的這種抗凝血成分，人體免疫系統就會產生「組織胺」來對抗這個外來物質，換句話說，就是這個免疫反應引發過敏反應，我們才會覺得皮膚癢或紅腫[3]。總之，用肥皂既無法中和皮膚內的蟻酸，更與真正造成皮膚發癢的過敏反應無關，而且如果一直使用肥皂塗抹被蚊子叮咬的患部，過度刺激更可能會讓皮膚變得乾燥而產生不適，所以這真是一則於事無補的驚奇。

以上這兩個小常識是屬於完全錯誤的類型，雖然「吃辣↓含鹽↓不辣」、「蚊子咬↓塗肥皂↓不癢」看似簡單明瞭，卻是無事實根據的訛傳，即使不會造成嚴重的後果，但並不是解決問題的良藥。

三、部分正確——但宣稱得太誇張

在完全正確及完全錯誤之外，其實最多數的驚奇小常識是介於有點對又不會太對、有點錯又不會太錯之間。在這個狀況內的共有六則小常識：

註3
〈關於蚊子的一些事〉

其中一則小常識提到：「仰頭點眼藥水時微微張嘴，這樣眼睛就不會亂眨了。」解剖員回想自己點眼藥水時的動作，大概是仰頭、眼睛張開、一手撐開眼皮、一手按壓藥水，而眼科醫師提醒患者點藥水的步驟也差不多是如此[4]，但為何要張開嘴巴呢？這有幾個可能性：其一是想透過皮膚肌肉的相互拉扯來產生某種平衡，確實嘴巴打開會拉扯到臉部肌肉並產生緊繃感，只是這方法是否適用於皮膚逐漸鬆弛的中高齡者，可能就是另外的問題。其次，點眼藥水時若把嘴巴打開說不定可以轉移注意力，讓注意力不要放在眼睛上，自然就可以減少眨眼，成功將眼藥水滴進眼睛裡。這種能輕鬆完成的點眼藥水動作，說是驚奇小常識似乎浮誇了一點。

點完眼藥水，來看看小灰塵跑進眼睛要怎麼辦：「眼睛進了小灰塵，閉上眼睛用力咳嗽幾下，灰塵就會自己出來。」這個辦法應該是想藉由用力咳嗽誘發淚腺分泌眼淚、沖走灰塵，但真的有必要刻意咳嗽嗎？當異物

註4
〈點眼藥水要微張嘴？醫師：錯誤觀念〉

進入眼睛，神經就會傳送訊息給大腦，大腦會立即下達指令，眼睛就啟動自我保護的機制而有眨眼的反射動作，進而分泌淚液沖掉異物。因此，正常情況下眼睛就會自動分泌眼淚去排除異物，如果當時剛好咳嗽，可能會增強淚腺分泌，但如果要刻意去咳嗽，就多此一舉了。

釐清關於眼睛的兩個疑問之後，再來看關於打嗝的驚奇：「打嗝時就喝點醋，立竿見影。」吃飯吃太快、吃太飽、邊吃邊說話、脹氣等等都可能會出現打嗝，打嗝多數是因為橫隔膜不自主收縮導致，例如胃的壓力過大或是腹部氣體過多使得橫隔膜受到刺激，當然也有部分原因是器官病變。如果只是暫時、輕微的打嗝情況，確實可以透過一些方法來改善，例如和這個小常識類似的「飲食法」：多喝幾口水，促進食道規律收縮來緩解打嗝的狀況；或是用水漱口、吃檸檬、喝醋來刺激食道與鼻咽，達到緩解的效果[5]。總之，這個小常識的效果是有的，但「立竿見影」就似乎太過絕對，

註5
〈別以為打嗝是小事！醫師提醒：符合這兩情況，就要去看醫生〉

畢竟打嗝的原因有許多可能，喝醋無法一概緩解。

吃飽了，打嗝出現異味該怎麼辦？驚奇小常識告訴我們：「吃了有異味的東西，如大蒜、臭豆腐，吃幾顆花生米就好了。」針對這個問題，需要先瞭解為什麼在吃了「重口味」的食物後嘴巴會有臭味。以大蒜為例，大蒜的味道主要來自大蒜素，大蒜素具強烈的大蒜味與辛辣味，它也普遍存在於洋蔥和其他蔥科植物中。而花生米富含蛋白質，蛋白質能和大蒜素的硫化物結合，有助消除口中的蒜味，同樣的道理，喝牛奶也能達到去除蒜味的功效[6]。但是，除了蒜頭之外，是否吃了其他有異味的食物之後，也光靠幾顆花生就能去除味道呢？這樣的宣稱其實是有點誇大，造成異味的原因何其多，蒜味只是其中一種。

吃飽喝足之後，接著要解決美的問題：「只要在珠寶盒中放上一節小小的粉筆，即可讓首飾常保光澤。」臺灣天氣潮溼，除溼防霉是日常生活

註6
〈蒜味逼人！巧用牛奶綠茶除口臭〉

必要工作，這則小常識就是要告訴大家如何保護珠寶盒中的飾品。粉筆的主要原料是硫酸鈣（石膏）或碳酸鈣（石灰石），它的特性就是具有良好的吸水力及強烈的吸附作用，有很好的除水效果，依據這個特性，在珠寶盒中放入粉筆就能保持乾燥，避免溼氣重而讓飾品氧化發生鏽蝕的情況。但是，「抑制溼度」跟「常保光澤」是否可以直接畫上等號呢？空氣所造成的氧化作用能完全避免嗎？再說，粉筆容易產生細碎的粉塵，是否會反而讓珠寶蒙上一層灰呢？與其這樣，直接將珠寶放入防潮箱或使用乾燥劑會不會是更好的選擇呢？

最後，「不管是鞋子的哪個地方磨到了你的腳，你就在鞋子磨腳的地方塗一點點白酒，保證就不磨腳了。」剛買來的新鞋子有時因為與腳形不完全相符，的確會造成磨腳的情形，因此坊間也衍生出多種腳跟貼、後腫貼，如果這個小常識有效的話，加上白酒容易取得，就不用在鞋子內貼這些貼布破壞鞋子美感，多棒！這個驚奇知識的原理應該是基於白酒的主要成分是水和酒精，而酒精可以軟化皮革，所以能防止新鞋磨腳，但問題是無論什麼材質的鞋子都能這樣處理嗎？網路上關於白酒塗抹在鞋子的方法及浸溼的時間長短，各有所異，但共同點是白酒要對付的敵人都是「皮革」，合成皮的鞋製品恐怕就很難適用這個方法，說不定酒精還會造成皮面顏色受損，使用時需要格外謹慎才行。

嚴格說起來，以上這六個小常識都可以有基本的功效，也不至於會發生可怕的後果，只是在極端簡化的描述下，導致效果被過度誇大。

四、部分正確——要有某些條件或前提才會發生

最後這個類型是內容有部分的正確性，只是它需要在某些條件下才會發生：「插花時，在水裡滴上一滴洗潔精，鮮花可以維持好多天。」確實有一間清潔產品公司的網頁就有這項資訊[7]，並將洗潔劑和保鮮的關係說

註7 〈洗潔精有保鮮花的作用嗎？〉

明得非常清楚。原理是洗潔劑的成分有表面活性劑、氧化劑等，因此具有去汙、殺菌等功效，可以使得花瓶裡的水質不容易腐壞。但是，洗潔劑依照pH值的區分也會分成酸性、中性、弱鹼性、鹼性等四種不同類型[8]，而一般保鮮劑的水溶液則是偏酸（pH值在3.0～4.0）[9]，如果要使用洗潔劑為花朵加持新鮮度，前提是需要認清洗潔劑的酸鹼類型，而且也應該考慮並不是所有花朵都適合酸性溶液。如果沒有先弄清楚相關條件的限制以及需要滿足的前提，恐怕會適得其反。

註8〈清潔劑的種類——以pH區分〉

註9〈花卉保鮮處理方法〉

解剖總結：對於驚奇小常識的正確性應該打折扣！

日常生活中原本就有許多便利撇步與祕方不斷流傳著，透過社交媒體推波助瀾，人們一方面互通訊息，一方面聯絡感情，這些訊息有了更多流傳的管道。本文的「十大驚奇小常識」只是冰山一角，其他「二十個吃驚的小常識」、「三十個讓你吃驚的小常識」、「六十個讓你吃驚的小常識」……，社群網絡中應有盡有，要多少有多少。很難說費心製作這些驚奇事件簿的功德主會有什麼其他的居心，說不定他／她們就是單純希望世界更美好，只可惜在追求輕薄短小的訊息傳遞過程中，「過度簡化」變成是難以逃脫的宿命，去頭、去尾、去脈絡的小知識都變成了驚奇背後的陷阱。依據這一次的大規模解剖，幾乎可以論斷多數的「驚奇小知識」不是有條件限制，就是充斥許多的似是而非，閱聽者務必小心服用才行。據此，本解剖室給予這系列訊息以下評價：

十四顆骷髏頭。

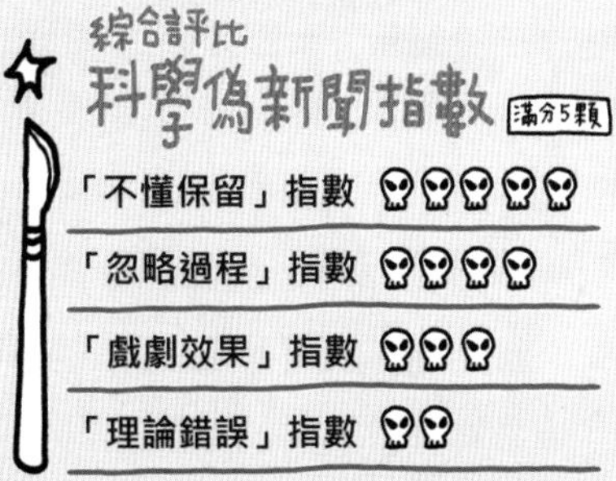

第四單元
新媒體心法

4-1

六種你不能不知道的作假新手法

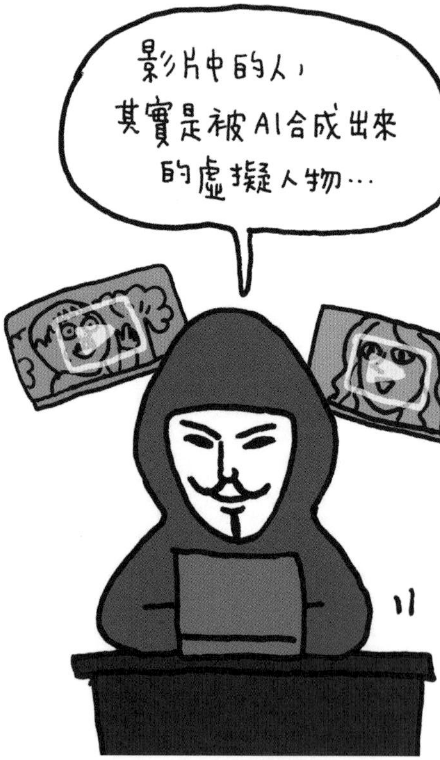
影片中的人，
其實是被AI合成出來
的虛擬人物…

「我是ＸＸＸ地檢署檢察官，我們查獲你涉嫌一起詐騙案，要暫時保管你的存摺與提款卡……」、「我們在校門口抓了你的小孩，你如果還想見到你的小孩，馬上匯款一百萬元……」、「你中獎了！你要先匯保證金過來，我們才會把獎品寄過去喔……」，以上詐騙故事片段你我應該已經耳熟能詳，不會再輕易「中招」了，現在詐騙者如果還需要一一打電話才能騙人，可能就落伍了。只是拜資訊、通訊科技與社群媒體快速發展之賜，又發展出新的詐騙型態。

這一波新型態的作假方式與 Facebook、Instagram、LINE、YouTube 等社群媒體的崛起息息相關，與我們的日常生活更加靠近。為此，解剖室歸納了新媒體時代六種常見的作假手法，讓我們在茫茫的資訊大海中可以保有更多的安全感。

解剖一：釣人氣養平臺

這類型作假手法是透過社群媒體，例如Facebook、LINE等，舉辦抽獎、送貼圖等活動來吸引人氣，提高訂閱量之後再將平臺轉賣，藉以牟利。

你的Facebook頁面應該也曾被「看起來怪怪的」抽獎文所洗版，像是：「狂賀本店盛大開幕！只要按讚留言tag朋友加公開分享，抽出五十支AirPods！」「回饋社會！XX建設送出臺北兩間精華地段房屋！五天後抽出兩位幸運兒！」這些可都是經常被使用的招攬手法。

一開始，抽獎只是一種行銷策略，並無惡意，也沒有詐騙性質，是各大官方粉絲專頁都經常使用的宣傳手法，以贈品為誘餌，透過抽獎在短時間增加粉絲人數和貼文觸及率，對於活動宣傳和商店經營而言，是相當有效的手段。只是長久下來，Facebook的許多使用者已經「被訓練」出面對抽獎的反射動作，一見活動即完成抽獎三步驟「按讚、留言、分享」，而黑心商人就在群眾跟風抽獎的行動中，嗅到了累積粉絲的隱藏商機，也讓抽獎變了調。

此外，隨著Facebook程式技術的進步，粉絲專頁的經營者可以設定網友留言自動觸發私訊，再透過聊天機器人（Chatbot），讓粉絲專頁管理員直接得到與民眾一對一傳播訊息的機會，好處是方便將抽獎者導引到其他網站或是LINE帳號。但在多管齊下的各種手法之下，黑心商人以虛構的抽獎文、贈品文為餌，讓假粉絲專頁取得廣大的粉絲數、貼文互動

典型的釣人氣養平臺案例。／Facebook 擷取畫面

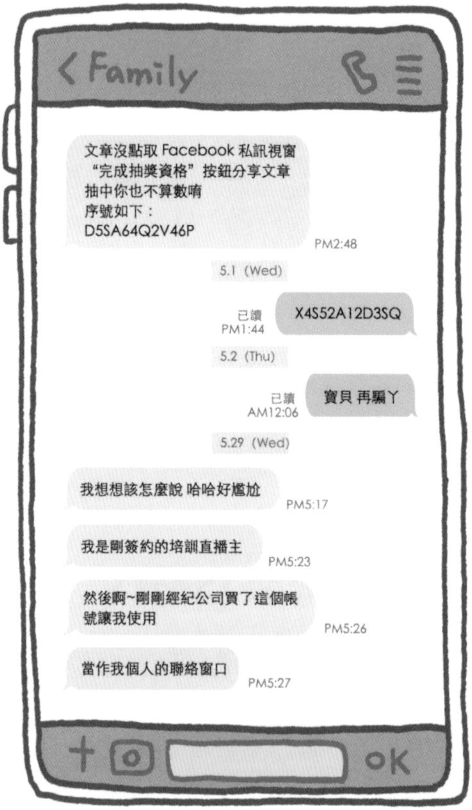

解剖員的朋友在 Facebook 抽獎活動被引導到 LINE 帳號，但後來發現該抽獎帳號已被轉賣。

量、無數的私訊管道，之後再將此粉絲專頁轉賣，或是利用這個平臺大量傳播特定政治、社會議題，神不知鬼不覺地從轉售、導流中賺取了龐大的利益。

現在，這種釣人氣養平臺的假官方粉絲專頁遍地開花，為了抓緊消費者的心，各式各樣的假獎品都有，從星巴克飲料券、麥當勞優惠券、Apple系列產品、汽車，甚至是抽房子比比皆是。更可怕的是，Facebook 抽獎文只是其中一種途徑，在親朋好友的 LINE 群組中，也時常有「假送貼圖、真騙個資」的虛假 LINE 帳號，即使警政單位大力呼籲不要上當，真實店家也發布澄清新聞稿、刊登置頂公告，但在貪小便宜的心態下，仍有許多人一窩蜂湧向抽獎的陷阱，白白將個資送出去，讓不肖商人牟利，也讓另有操作意圖的利益團體達到他們不為人知的目的。

解剖二：點閱率換現金

此一類型大概就是新媒體所引發作假手法的祖師爺，藉由浮誇、聳動、造假或真假參半的文章及影音來吸引觀眾點閱，利用高人氣的點閱次數兌換鈔票，點閱次數越高、荷包越滿，也造就「內容農場」的作假經濟。

「內容農場」顧名思義就像是在農場裡面把原本不存在的內容養出來（或種出來），它在經營上大致有幾種模式：有的是自己生產內容，轉譯其他國家的報導，擷取並誇大有趣的部分；有的不生產內容，而是靠註冊的會員來貢獻文章，貢獻的文章點閱率愈高就能分到愈多的金錢，這種人人可分潤的模式往往為內容農場網站帶來驚人的流量，創造人人有錢賺的商業模式。

在資訊量爆炸再爆炸的年代，什麼最能快速進攻民眾眼球呢？內容農場在這個關鍵點上掌握得很好，透過新鮮刺激的標題激發好奇心與求知欲，點擊與滑動文章的一瞬間，每個人都老老實實地貢獻了一次點閱率。近年透過 LINE 之類社交媒體蓬勃發展的助攻，轉傳再轉傳，滾雪球似的效應帶來更多的人潮與錢潮。在內容農場所處理的諸多議題中，健康類內容從來不會讓農場經營者失望，這是多數人都關注的議題，只是在這種「特殊」的生產模式之下，農場所刊登的文章經常是內容良莠不齊、語氣過度堅決與肯定、圖片粗糙與浮誇，很容易造成閱讀者對於健康資訊的錯誤迷思。

解剖三：高科技假影片

此一類型作假手法是仰賴現代的高科技，透過模擬、後製的技術來竄改影像，讓閱聽大眾難以辨識真假，甚至相信那些虛擬製造出來的畫面就是真實。

電影《雲端情人》（*Her*）中，男主角愛上了具有人工智慧的虛擬助手，他雖然碰觸不到「她」，但是只透過語音系統溝通，卻仍深深墜入了愛河，乍看是遙不可及的科幻故事，現實中卻可能步步成真。目前AI技術雖然尚未發展到能和人類進行深度溝通，但卻已經具備了仿造照片和影片的強大能力，看看以下的頭像，你覺得她真有其人嗎？

根據媒體的報導[1]，在LinkedIn的主頁上，這位Katie Jones擁有顯赫背景，也與美國政治圈過從甚密，甚至與國務卿副助理、參議員的高級助手都有所聯繫。然而，這個頭像很有可能是利用「生成對抗網路」（GANs）[2]的人工智慧技術所合成，目的是透過LinkedIn進行間諜活動。

人工智慧技術合成的頭像。／The Telegraph報導

註1〈高度活躍於美國政壇的「紅髮正妹」，其實是間諜用GAN生成的虛擬人物！〉

註2〈毛骨悚然！AI造臉技術堪比真人，到底還有什麼是真的呢？〉

又例如鼎鼎大名的 Facebook 創辦人馬克・祖克柏（Mark Zuckerberg）在影片中坦承他控制了數十億人被盜的數據，足以讓他掌控未來。

然而，這如幻似真的新聞畫面，也是利用人工智慧相關技術所仿造[3]，原本是為了抗議 Facebook 拒絕刪除惡意假影片而製作的影片竟可能會淪為「深假新聞」[4]，也就是「透過深度學習人工智慧製造出來幾可亂真的假新聞（影片）」。

這些技術的開發可能立意善良，例如透過這個技術，即使祖父母已經不在人世，我們還可以聽聽他（她）們說話；或是能讓像理查・費曼（Richard Feynmann）這種有趣又卓越的諾貝爾獎科學家使用不同的語言激勵全世界各地的學子[5]。當然，在一線之隔下，如果有心人士藉此來假冒政治人物的言行，製造子虛烏有的負面假消息，就可能影響選舉結果，造成社會動盪。

註3
"Face2Face: Real-time Face Capture and Reenactment of RGB Videos"

註4
〈深偽新聞：真實的末日，真相的危機，未知的恐慌〉

註5
"Fake videos of real people—and how to spot them"

馬克・祖克柏這段影片是偽造的。／bill_posters_uk（Instagram）

我們原本接觸不到的 Katie Jones 與 Mark Zuckerberg，現在卻看得見，甚至聽得到了，但這些都是幾可亂真的假造。科技發達的二十一世紀，可以預期的是這些「假」只會愈來愈「真」，因此我們都需要更加警覺。

解剖四：刻意捏造的故事

此類作假手法是捏造具有某種意圖的「無中生有」故事，造謠者說得天花亂墜、繪聲繪影，使得有些民眾難以辨識而信以為真。這一類作假事件多數出現在與政治相關的案件上，有心人企圖用以影響民意或選情。

在沒有新媒體的二〇〇五年所發生的「腳尾飯事件」，可說是臺灣新聞史上最知名的捏造故事案例。當年臺北市議員王育誠揭露殯葬業者在告別式結束後，會將祭拜往生者的腳尾飯送至民間自助餐店重新製作成菜餚，引起軒然大波，造成附近商家生意一落千丈。隨著疑點逐漸浮現，經追查後發現根本是一起自編、自導、自演的全造假事件。這次新聞造假事件不但引發社會震驚與譴責，也連帶成為當時東森新聞S臺被撤銷牌照的導火線之一，後來該名議員被所屬政黨無限期停止黨權，法院也判決他需賠償三百二十五萬元給受牽連的店家。

類似的事件發生在新媒體時代，不僅樣貌不同、頻率不同，恐怕連下場都不同。例如二〇一八年夏天，臺灣南部豪雨不斷釀出災情，網路上流傳了一幀偽造成美國《時代》（*TIME*）雜誌的封面照片，內容是警察坐水中吃便當而蔡英文總統搭乘裝甲車，旁邊用英文寫著「臺灣皇后秀」、「悲傷的國度：臺灣」等字眼，若沒有進一步想想就當真，恐怕國人會誤以為國家元首竟用如此戲謔的態度看待災情。

雖然此照片一出，很快就被用心的謠言澄清團體標示為謠言圖片[6]，但恐怕原始的偽圖還是在不同的管道繼續流竄中，擴散的範圍難以估計。這個案例與腳尾飯的案例同樣都是無中生有的捏造故事，但是在新媒體的

註6 蘭姆酒吐司（網站）

介入助攻之下，不僅消息的源頭不易追查，多層次的傳播管道更是不易澄清與遏止，這也是目前各國最頭痛的偽新聞問題的核心。除了前述的案例之外，其他的案例不勝枚舉，依據《科學》（*Science*）雜誌在二〇一八年所發布的重要研究報告[7]，社群媒體上的偽新聞不僅散播速度比真相快六倍，觸及人數也更多，可見捏造故事的威力，對此更需要民眾時時保持警覺。

解剖五：移花接木的故事

此一類型作假手法就是「看圖說故事」，經由圖片或影像說出另一個與實情完全不一樣的聳動故事，企圖引起觀眾情緒上的直接反應與討論，進而達到某些意圖（例如點閱率、名氣等）。在這種手法中，完全是以影像作為主要媒介，尤其新媒體時代造就了許多影像的廣泛流傳，加上影像原本就是一般民眾最直覺、最容易接受的形式，於是讓這類移花接木的手法橫行無忌。

註7
"The spread of true and false news online"

例如先前曾有一則LINE貼文：「哀痛！印尼昨日晚間發生驚心動魄的世紀海嘯！」[8]影像中洶湧的海浪灌入內陸，陸地上的建築土崩瓦解，整個世界都在洪水中起起落落，宛若末日，而透過災民的第一視角，看見了可怕的浪潮席捲了家園，甚至連鏡頭本身也即將被捲入海潮，在淒厲尖叫和悲痛祈禱聲音中，手機這一端的我們似乎也親身體認到天災的無情、災民的絕望與無助。但這卻是一則假訊息，實際上製造謠言的「創作者」是剪輯了各種觸目驚心的大自然影片，再「看影片說故事」，偽裝成印尼海嘯的影片資料，成功煽動了廣大民眾的情緒。由於這段影片各自的片段是實際發生過的，使得這則假消息有更強勁的說服力和衝擊力。

又例如有則LINE影片的標題是：「當街搶男孩，然後拖去賣器官，好可怕！」[9]影片背後的現實狀況卻是一位逃學的初中生被父母和師長逮到並強制押入汽車帶回家。再例如「臺中花博搶先看」[10]影片中所呈現的花園

註8 印尼海嘯謠言

註9 搶小孩賣器官謠言

註10 花博搶先看謠言

景象壯麗繽紛，實際上卻是盜用了杜拜奇蹟花園（Dubai Miracle Garden）的照片，再套上花博的名稱偽造而成。

除了利用現實影像來扭曲訊息外，謠言製造者也喜歡挪用他人精心製作的影像來散布謠言，把原先的畫面裁贓了其他內涵，移花接木製作成錯誤的訊息。例如「汽車撞空氣車禍」[11]的恐怖影片，只見影片中的汽車好像在路上撞上了某種看不見的物體，突然扭壞變形，十分駭人。原來這影片是義大利藝術家的後製作品，本來就不是原汁原味的現實影像，而是精美的藝術創作，但在移花接木者的盜用下，加入自己的文字敘述就將影片曲解成超自然車禍事件。另外，還有知名的「手機輻射會讓玉米變成爆米花！」[12]影片，只見一群人同時把手機打開對著玉米粒，竟然可以讓玉米粒慢慢一顆顆變成爆米花，儼然是一臺超級微波爐，讓人驚恐手機所帶來的電磁波。原來這是多年前惡搞的影片，但今日經由社群媒體轉傳，卻被

註11 汽車撞空氣車禍謠言

註12 手機輻射讓玉米變爆米花謠言

當成真實事件，令人哭笑不得。

「眼見為憑」是每個人普遍的認知習慣，所以有影像為證據的新媒體訊息在我們心裡的可信度就會大幅提升，尤其是當這些影像看起來非常「真實」的時候。可是在假訊息充斥的時代，「有圖有真相」的原則卻不一定靈光，有時這個真相很可能只是戲謔的笑點，所以需要謹慎看待。

解剖六：斷章取義的資料

此類型作假方式是指作假者擷取不完整的資料，以片面來詮釋整體，導致資訊有偏差及錯誤，甚至是誤導的情況。

在這個類型中，比例最高的是政治新聞，尤其到了選舉期間更是花招百出，候選人為拉抬自己的聲勢，從勤跑各種大小型活動、製造話題到挖苦對手，方法琳瑯滿目，而「斷章取義」就是其中的慣用套路。

例如郭台銘在表態角逐二〇二〇總統大選時，自己在二〇一四年太陽花學運時的發言就經常被拿出來抨擊。其實學運時郭台銘的完整發言是：「民主對 GDP 沒幫助，不能無限上綱把各種運動當作民主，民主是過程，不是果實，經濟果實才能填飽肚子，民主的動能須化為經濟的成果。」但這句話卻被簡化成「民主不能當飯吃」，不僅偏離原來發言的重點，也使得當事人被貼上負面標籤[13]。

又例如英國王子威廉（Prince William）在第三個兒子出生時，到倫敦聖瑪麗醫院迎接新生兒，當場向媒體寒暄，表示自己很開心、非常快樂，但現在亦有三倍的擔憂！說話的同時比了「三」的手勢，卻因不同的角度被媒體看成是比中指。幸好有立即澄清，並附上正面照片[14]，才不致引起過多抨擊。但這樣斷章取義，如果被有心人援用就很容易會造成閱聽人的誤解，也造成公眾人物意外的麻煩。

除了公眾人物，一般人日常生活中也常常有類似的案例。網路上就曾

註13〈郭台銘辦網路投票，批蔡英文斷章取義〉

註14〈王子舉中指？威廉興奮講仔女，卻被誤會為不雅手勢〉

流傳警察強勢毆打民眾，甚至還以警車輾壓民眾的影片[15]，但隨後證實此影片為刻意擷取的片段，真實的情形是該男子因喝醉拒付計程車費用，又不滿員警勸告而與員警扭打在地，倒地後還阻擋警車，才會出現看似警車壓到該男子的畫面，很顯然該影片畫面都是斷章取義並刻意扭曲的結果。

這是人手一機的年代，每個人都可以輕易錄製、後製及拼貼影像，再加上社群媒體的盛行，造就了將資料斷章取義利用的方便環境，如果有人想要刻意扭曲事實，縱使有照片、影片佐證，也難以輕易澄清，我們只能多加確認及觀察不同來源的新聞，才不會被新時代各種科技的新手段所蒙騙。

註15
〈路人「斷章取義」控警打人，被依加重誹謗罪嫌起訴〉

解剖總結

新媒體環境下所助長的新型態作假手法雖然不一定會立即造成民眾財物上的損失，但是在潛移默化的隱隱作用下，可能會深遠地影響我們對於事物的觀點，更麻煩的是在接收這些似是而非的訊息之後，可能會麻痺我們的辨識力，降低我們的判斷力，甚至會漸漸不在乎資訊的正確與否，這是萬劫不復的惡性循環，需要大家共同關注與警惕。

4-2

八種你不能不當心的廣告新手法

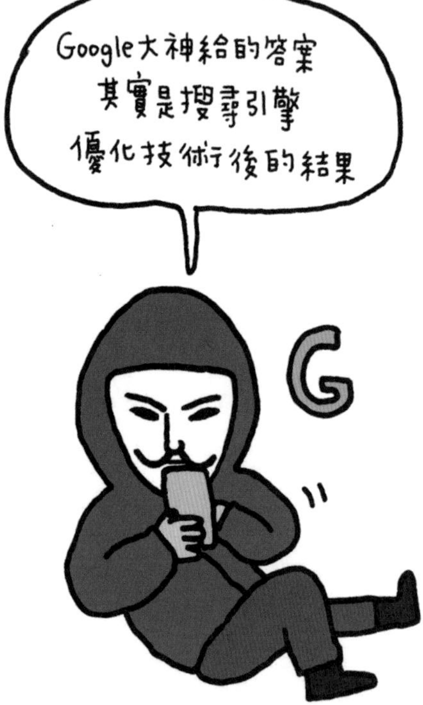
Google大神給的答案
其實是搜尋引擎
優化技術後的結果

「秀才不出門，能知天下事。」原來是指以前的讀書人知識淵博，就算不出門也懂很多事情，但把這句話放到二十一世紀的今日也非常適切。科技愈來愈發達，和以前相較起來生活變得超級便利，有任何疑難雜症就上網搜尋，幾秒鐘就能解決當下的疑問；宅在家靠著訂餐服務一指下訂單，也能吃飽吃好，滿足各項需求。

在如此便捷的時代，如果行銷宣傳還只是倚賴在報紙夾廣告單或投放電視廣告，已經不足以應付現代人愈來愈稀缺的耐心，現在生意人的挑戰不僅在做出吸引人的商品，還要在眼花撩亂的網路世界殺出重圍，設法競逐閱聽大眾最珍貴的注意力，才能贏得消費者的青睞。因此，解剖室歸納了八種新媒體時代最常見的廣告手法，看看這些廣告如何滲透我們的生活，洞悉這些商業操作的手法之後，可以讓我們更清醒、更有自覺地消費。

解剖一：打書變新聞

此一類型指的是媒體節錄書籍的部分內容，然後包裝成一篇篇貌似新聞的報導，讓人在閱讀過程中默默受影響，「如果想知道更多」就請買書，而這類內容多數與現代人最關心的健康、醫療、運動健身相關。

在普遍注重健康，或說聞癌色變的時代，養生、抗癌、醫療的相關書籍一本本冒出來，雖然每一本書都會盡量營造自己的賣點，但出版的書籍量實在太多，恐怕需要有些不一樣的業配方式才能引起注意。透過「打書變新聞」的手法，在貌似新聞的報導中穿插書籍裡最有話題性的段落，輕易就能變出一篇與生活相關的話題文章，點閱再轉傳，以達到宣傳的效果。過程中書籍可以獲得曝光的機會，而欠缺實質內容的新聞媒體也可以簡單就多了文章，製造雙贏的機會。

這種看似很平凡的合作方式會有什麼問題呢？你可別掉以輕心！就曾

註1
〈焦躁、情緒低落……別以為問題都在壓力！精神科醫師：關鍵在缺少這種營養素〉

有某篇報導[1]指出女性罹患憂鬱症、恐慌症比例偏高，其實是因為缺鐵，而非一般普遍認為是壓力導致，只要吃對鐵就能遠離憂鬱症。標題還特別註明：「精神科醫師：關鍵在缺少這種營養素」，請出專家背書，十分專業可信，殊不知很快就遭到真正的醫學專家反駁，指出該文章欠缺科學研究的支持[2]。又例如有則新聞擷取書中一小部分，浮誇地陳述「人類情緒所產生的影響，甚至可以推翻傳統的物理定律」[3]。雖然書中有提到相關實驗，但羅列的順序與脈絡卻不盡相同，新聞礙於篇幅，嚴重簡化了相關資料，看完報導難免得到「人類的情緒可以改變世界」之類的荒謬結論。

普遍的情況下，看過新聞報導的人鐵定要多於看過書的人，而看過書的人又應該遠遠多過會對於書中註釋一一查證的人。隨意抓取一本書的章節，去脈絡化地掐頭去尾變成新聞，斷章取義的後果就是會嚴重誤導閱聽人的認知，尤其內容若與身體健康相關，稍有疏忽就可能造成極大的影響及傷害，不可不慎。

註2
〈九十九%女性缺鐵、營養素不足致憂鬱症？教授打臉〉

註3
〈心存善念救地球——情緒可以改變外在世界嗎?!〉，科學新聞解剖室二〇一七年十二月文章，已收錄於《新生活判讀力：別讓科學偽新聞誤導你的人生》，二〇一八年一月出版。

解剖二：偽專家真行銷

這一類廣告手法是透過專業形象的妝點，例如以白袍、科學儀器、實驗室等專業符號為烘托，讓一般民眾信服其專業背景而乖乖掏錢。在多數人的認知裡面，白袍代表著醫生或科學家，醫生、科學家又代表權威、高學歷和成功的人士，所以容易不自覺地認為穿上白袍者的言論應該會是對的、專業的、合理的，即使他講的內容可能跟他的專業沒有直接相關。

牙膏、藥品、健康食品廣告中，就經常出現穿著白袍的人拿著產品說好棒棒，使用了眼睛亮晶晶、牙齒細菌跑光光、腦袋好清晰、考試一百分等等，雖然觀眾也不太留意廣告中的主角是否真是醫療相關人員，但很容易以為穿白袍的人就代表專業意見，值得信賴。

又例如有些人自詡為育兒專家，不但會穿著白袍跑電視節目通告，在公眾場合也經常是搭配一件白袍，對於育兒、親子關係侃侃而談，但若細細追查這些人物的背景，常會發現這些人的背景與「白袍」本身的象徵並沒有太直接的關係，僅是利用白袍加身，妝點門面，營造專業感。不過這招真的很好用，許多望子成龍、望女成鳳的父母就會毫不手軟地買課程、買書、參加活動，讓白袍專家荷包滿滿。

這些偽專業形象在網路世界中隨處可見，你最好在看到這些人物時，多方查證，千萬不要只看到外在的炫目形象就輕易買單。

解剖三：網紅業配

此一類型廣告手法是網路紅人的業配合作，也就是透過網紅的個人魅力去呈現商業配合的內容以進行相關行銷。由於網紅的類型眾多，廣告業主也會依據產品特質找上合適的網紅來代言，靠著網紅的高人氣造成話題以及擴散訊息，加倍廣告效益。

例如某知名 YouTuber 與保養品品牌合作，兩分鐘多以「笑話 battle」為主題的影片[4]中，YouTuber 一人分飾三角，讓保養品的身影、名稱、特質、功效等非常自然地出現在影片中。這位 YouTuber 平日就以偏中二的屬性著名，這支業配影片特效浮誇、時間簡短、節奏明快，觀眾邊看業配邊罵瞎扯，卻也邊看完影片，頂著網紅的高人氣讓影片在短短時間內就累積了近五十萬的點閱率，可說業配於無形，賓主盡歡。

又例如以高學歷、理科專長、專業形象為賣點，短時間成功打響知名度的知識型網紅，第一次業配就開門見山地說：「今天業配的內容是萬用鍋。」並且用很具有個人風格的方式將產品送驗[5]，看看是否真像廠商說得那樣厲害，可以說是用科學檢驗來包裹產品的行銷策略。姑且不論送驗的過程與內容是否合理，以她的理科背景及科學形象，加上送驗結果過關，就成功為這個商品製造話題。

再例如某個擅長生活主題的 YouTuber，業配的方式是在影片[6]中拍攝

註4 業配案例一（影片）

註5 業配案例二（影片）

註6 業配案例三（影片）

回家找父親、吃晚餐，過程中講了很多自己成長過程的溫馨故事，在影片的尾聲出現要送給爸爸當父親節禮物的電動刮鬍刀，只見業配產品毫無違和地融入父子的日常對話，明明知道是業配卻還是看到最後一分一秒，連最後產品的型號、特色都沒落掉。

網紅紛紛崛起，不僅類型多，而且好看、好笑、好殺時間，對於廣告業主來說，是可以成功幫各種廣告商品分流行銷的最佳管道。但是，幽默的搞笑可以確保保養品有效嗎？萬用鍋如果通不過科學檢驗還會繼續拍攝出來嗎？跟親情一起販賣的刮鬍刀，用起來真的很溫馨嗎？某種程度來說，廣告就是一種情感的騙局，只是在新媒體時代下所製造的各種網紅提供了更多個別化服務及市場區隔，可以更加擴大這些廣告的受眾及影響力。

解剖四：醫療聯廣平臺

這一類型廣告手法是將健康、醫療等民眾都很關心的資訊整合在單一網路平臺，在這一個平臺上面，要醫美有醫美、要食品有食品、要醫生有醫生，由於有許多具體的消息來源（不管是人或資料）予以背書，容易取得網友的信任，在閱讀或搜尋相關知識的同時也相信平臺推薦的醫療機構、保健產品等等。

這類醫療聯廣平臺通常具有分類清楚、視覺美觀、資料豐富等特色，醫療、美容、食品、塑身等主題應有盡有，一字排開任君挑選，最重要的是還具有醫師問答、查詢醫師等互動性及客製化功能，由於一般人不太有機會跟醫師如此近距離互動，這樣的整合性服務對民眾來說非常貼心。

不過這種類型的平臺經常不容易在頁面中找到明確的負責對象，你可曾好奇究竟是什麼樣的大善人樂意出錢出力維持網站運作呢？原來，讓民眾安心接收醫療健康知識的這類聯廣平臺，背後多數是由傳媒公司負責經營，運作的方式是透過合作，聯合有興趣的相關業者一起進駐，就像煮火鍋一樣，傳媒公司負責出鍋子，其他商家負責貢獻青菜、肉片、豆腐等火鍋料，網友就有火鍋可以吃了。

傳媒公司維護好網頁的專業形象與即時互動功能，業者只要出資，就能在平臺上刊登醫療常識、健康情報、診所廣告、商品訊息等，只是文責自負，傳媒公司可不擔保內容正確無誤。有的平臺就直接在著作權與授權轉載的頁面中聲明「本網站不擔保其正確性、即時性或完整性」[7]，或者在免責聲明中提到「本網站會盡量確保資訊正確及適當，但醫學科技的發展日新月異，故不能保證資訊百分百正確無誤」[8]。可見這類平臺也明白自己對刊登文章的品質未必能有效管控，只是這些說明多半藏在一般民眾不太容易找得到的地方。解剖員就曾在某平臺輸入關鍵字「酸鹼」檢索，輕易就會出現說法矛盾的不同文章，這篇說「酸鹼體質無法靠飲食改變」，另一篇卻說「調整體質靠喝這杯」。因此，對於這類型醫療聯廣平臺的文

註7 網站聲明案例一

註8 網站聲明案例二

章仍需小心理解及使用，不僅不能完全盡信平臺上的知識內容，對於附帶的廣告消費恐怕更需要謹慎判斷。

解剖五：搜尋優化技巧

此類型廣告手法是透過各種網路搜尋機制，讓訊息可以站在搜尋引擎的最前列，達到最佳曝光與廣告的效果。今日多數人都會透過網路的關鍵字搜尋來解答人生的各種疑難雜症，如果能利用一些技術上的設定，讓自己想要行銷的訊息盡量出現在搜尋列表的前面，就愈有機會被看見。

朋友A近日趕著撰寫論文，每天都寫得天昏地暗、雙目酸澀，A不知從哪裡得到了訊息，得悉了最近很火紅的「葉黃素」，據說可以護眼明目。於是A就Google了「葉黃素」這組關鍵字，除了明顯的廣告貼文之外，A點進搜尋排名第一位的連結，一看應是營養師寫的文章。

A直覺地看到營養師就點選了文章，內容雖然沒有很認真閱讀，但很輕易地在文末就看見「立即訂購」的按鈕，如果當下一衝動可能就「不小心」完成了這一次的葉黃素交易。

營養師文章的內容是否準確或者葉黃素是否適用於A並不是重點，重點是這一篇文章為什麼可以在各種葉黃素的分享文中突破重圍，成為最前列的一篇？而且在搜尋結果第一頁的九個網站中，就有四個網站提供明顯的訂購途徑，介面右邊還有葉黃素的產品圖樣、價格，既清楚又明確。顯然這幾個網站進行過SEO（Search Engine Optimization），也就是搜尋引擎優化的技術，這項技術已經是電子商務裡面的顯學，是網站經營者不可不知的技巧，不僅網路中有各種專文討論[9]，更有專書出版[10]。

由於大型搜尋引擎的演算法經常改變，因應這些改變所衍生出來的SEO技術就非常多元，例如如何針對有效的關鍵字進行深入的分析及歸類、

註9 〈認識網頁設計——SEO初學著指南〉

註10 例如：Zac（二〇一二），《SEO實戰：六十天讓網站流量增加二十倍》，臺北：碁峰。

如何下一個吸引人的標題、如何在程式語法中選用 Heading Tag、如何建立擴散度高的超連結、如何監控演算法的調整並投人所好等，含括了使用者心理的分析及程式技術的設定。簡而言之，SEO 所有的努力就是透過瞭解搜尋引擎的運作規則，利用各種技術和方法去調整網站，使得目標網站可以站在搜尋結果的大前方。

SEO 的工作具有一定程度的專業性，於是就衍生出專門進行 SEO 服務的商業公司，主要工作目標就是：「竭盡各種可能，把它們推向前去！」也難怪當年主導建構 Facebook 數據架構的著名工程師傑夫．哈默巴赫（Jeff Hammerbacher），會感嘆說：「這世代最優秀的腦袋，都在設法讓人點擊更多廣告，爛斃了。」[11]

所以對於使用網路的我們而言，千萬不可忘記一旦進行網路搜尋時，我們都是這些廣告的獵物。沒錯，真的很嘔，但大環境的變化卻絲毫沒有停止的跡象，只好謹記在心，好好因應。

註11　黃哲斌，《新聞不死，只是很喘：媒體數位轉型的中年危機》

解剖六：個別化投放技術

此類型廣告手法是透過數位科技的突破，建構個人化的訊息投放技術，簡單說，就是把適合你這個人的訊息投放到你所瀏覽的專屬頁面中。在此提供一個最簡單的檢驗方式，就是你跟朋友同時使用電腦各自上同一個網頁，你會發現你們各自的頁面旁邊動來動去那些廣告是不一樣的，而這種「不一樣」不過是基本應用而已。

數位科技快速成長，相較過往無差別的大型廣告宣傳，現今我們接受到的是各種精心設計過後的個人化行銷技術，其中最常見的就是 Google 與 Facebook 所投放的廣告內容。當這些網站蒐集每個使用者的網路足跡後，會針對各種活動紀錄，精準匹配出專屬於你的廣告，符合你獨一無二的需求和偏好。除此之外，隨著網路行銷與電子商務的蓬勃發展，各大平臺各自提供了讓店家與消費者溝通的專屬窗口，同時聊天機器人的技術強勢崛起，加上「深度學習」、「類神經網絡」等機器學習的技術益發成熟，這種兼顧即時性、客服功能又節省人力成本的個別化行銷手段，已是當前極為普遍的方式。

光是聊天機器人的應用就十分多元，像是 Facebook 粉絲專頁的「底下留言 +1 私訊送你優惠」、「加官方 LINE 帳號好友，送免費貼圖」的活動，藉由這些互動，使用者不但可以獲得免費貼圖、下載免費資源、看廣告、玩遊戲、追蹤政府政策，甚至能讓機器人為你的自我介紹打分數。

如今，官方 LINE 帳號與 Facebook 粉絲專頁的聊天機器人遍地開花，精心設計的貼文活動讓使用者藉著貼文自動回覆的功能，導流到私訊機器人，並與機器人進行互動，馬上成為該帳號或粉絲專頁的潛在客戶，甚至直接引導至產品的介面，搭配讓人完全無法抗拒的特色活動，快狠準捕獲任何可能的消費者。此外，還可以建立與使用者一對一的對話，形成最直接、有效的交流管道，讓廣告商和商家能夠毫無阻礙與客戶連結起來，不用再經過任何演算法、推廣，即可把店家想傳達的資訊送到大量使用者面前，並且還可以利用對話歷程再次收集資料，第一手記錄使用者的各種資訊與喜好，重新梳理與分類客戶，得以接著更加精準對客戶投放廣告、傳播訊息。就好像我們每個人都擁有一個專屬的客服人員，貼心而且無微不至，但它終究是被深度設計來的。

解剖七：臨場感直播行銷

此類型指的是採用社群媒體的即時互動功能，結合傳統夜市叫賣或是電視購物的特質，演化成新的行銷方式，透過熱烈的情境烘托，引發參與者的購買欲。

在這個類型中，最常見的是使用Facebook的「直播」功能來進行拍賣活動，這種行銷手法在近幾年快速竄紅，隨著電商市場的規模擴大，直播販售的商品種類也愈來愈多元，從玉石藝品、水產海鮮、3C產品到韓系服飾，可說是各類商品應有盡有。「直播行銷」的強大之處在於它能即時和網友互動來炒熱氣氛，有效刺激購買意願，並且經由社群媒體連結更多觀眾，創造倍增的聲量與市場。

與過往電視臺的購物頻道相比，網路直播行銷可以透過按讚和留言等功能，更快速回應觀眾的需求，例如在服飾業者的直播中，賣家通常都會直接穿上想要推銷的衣服或褲子，展示商品的設計剪裁，若有買家「留言」表示想要知道衣服背面的花紋設計，或是好奇穿著該件褲子蹲下時會不會顯得太緊，賣家就能直接在直播中轉身、蹲下、站立，讓觀眾知道商品更完整的資訊。不僅如此，在直播中如果看到想買的東西，買家只要簡單地留言「+1」（代表想要買一個），之後賣家的「小幫手」就會直接私訊買家，提供商品的詳細資訊及購買方式，讓消費者的網購體驗更為便利。

直播行銷的拍賣和消費方式都突破過往拍賣網站的限制，讓你像是在觀看銷售影片一般有趣，卻又能和賣家即時互動，拉近主客的距離，如果場面很熱絡，無形之中還能墊高參與者的購買欲望，當畫面上一直跑出別的買家「+1」的留言，下一秒，你也可能忍不住「+1」。只不過直播結束後，按下+1的你是否真的需要那項商品呢？

解剖八：無所不蓋的廣告

此類型廣告手法是建立在資通科技的進步之上，工程師開發各種蓋版廣告，只要使用者將電子載具連上網路，在使用各類平臺網站時就會無可避免地被各種廣告突襲，達到強勢推銷的目的。

以解剖員為例，一早出門前打開氣象預報app，首頁就先給解剖員小小的橫幅廣告；看完預報後，退出app時又再奉送占屏三分之一的廣告。

這只是開始，之後查看新聞網站、觀看YouTube、追蹤網紅、使用各種app，每次要切換頁面，甚至是文章或是影音看到一半，都會被這些變形蟲似的蓋版廣告給強行侵入，有些突然從網頁裡冒出的廣告要關掉它還真不容易，不僅要終結這一則廣告的那個「叉叉（X）」常找不到，更常常會誤觸連結而開啟其他廣告，對於已經有老花眼或是手指不太靈活的使用者而言，關閉廣告真的是惱人的挑戰。

這一類型的廣告策略，雖然在技術上先進，但是在概念上卻是傳統的，廣告業主假設使用者受到愈多的刺激就會對於產品產生更多的連結，但有的時候連結並不一定是正向的。試想，當你氣急敗壞想按掉那一則打斷你觀看情緒的廣告時，還會對於廣告中那項商品保持善意嗎？不過廣告業主永遠不會放棄，只要有任何能抓住閱聽人注意力的機會，哪怕是一丁點，他們都會全力以赴，所以閱聽大眾只好再忍忍，不要沉不住氣了。

解剖總結

綜合以上敘述可以確定一件事，只要我們還在使用 3C 產品、並且連上網路，廣告業主就會透過各種途徑投放廣告資訊，不斷占據我們的眼球，可以說是不折不扣的「注意力商」。若我們能對以上八種手法有所瞭解，能意識到眼前的圖文資訊：「我正在看廣告」、「啊～這是廣告」，可能就比較有機會在廣告充斥的資訊大海中，找到真正符合自己需求的產品，拿回消費的主導權。

4-3

二十五種你不能不認識的假新聞類型

二〇一八年九月，燕子颱風侵襲日本關西，當時關西國際機場因為受到颱風重創而關閉，許多國家的旅客因此受困機場，詎料意外引發假消息流竄，導致臺灣駐日代表處遭罵翻，並間接造成我國外交人員的生命折損。這一事件引發國內外社會的震驚，也真正讓大家注意到偽新聞的嚴重性。

颱風新聞的亂象，已經是過往科學新聞中被討論許久的問題，但是因為社群媒體推波助瀾而造成人命損失，還真的是第一次，解剖員每次回想起這一起事件都覺得十分痛心。經過這一次經驗，許多媒體研究者紛紛提出了遏止偽新聞現象的看法，卻也因為議題的複雜性而膠著在立法管制及言論自由之間，難以達成共識。但是如此嚴重的問題真的可以任由它恣意蔓延下去嗎？一般民眾對於偽新聞到底應該有什麼程度的瞭解，才能成功地辨識及警覺呢？

科學新聞解剖室從二〇一四年開始關注科學新聞的演進概況，每天解剖員們都花不少精神關注臺灣科學偽新聞的樣貌，可以說看盡了各種光怪陸離的報導與傳播型態，深知如何從天天都在變形與演化的偽新聞裡「畫下那條識別真假的線」，是這一連串問題的關鍵所在。

要能夠清楚地針砭偽新聞以及它們的產地，最好的方式是能夠先針對偽新聞有比較全面及明確的界定，就像是畫出地圖一樣。如果每個人手上都有這樣的地圖，每一次看見「怪怪」的新聞，就能夠按圖索驥去瞭解這一則新聞的可信度及嚴重性，並定位它的怪奇指數，作為判斷的參考依據，一定可以避免很多不應該出現的情況發生。

這一張複雜的地圖該如何畫出來呢？

解剖一：假新聞的類型

綜觀科學新聞解剖室所監控的各種偽新聞樣貌，有兩個重要的向度需要在分類偽新聞時審慎考量，第一個是「偽新聞的虛假程度」，也就是它到底有多假？是稍微不精確，還是完全虛構？第二個是「製造偽新聞的意圖程度」，也就是它到底有多故意？是不小心的疏失，還是完全蓄意？這兩個向度直接影響了偽新聞的影響性及嚴重性，是每個閱聽人都需要謹記在心中的兩把量尺，對於判斷偽新聞的性質具有很高的參考價值。

接著，我們從過往所累積的經驗裡面，將「偽新聞的虛假程度」依據嚴重性不同再區分成五個層次：

A.完全虛構：全部的說法都是無中生有，也就是全部都是瞎掰的啦！

B.明顯錯誤：說法有明顯錯誤或是與事實不符，甚至曲解原來的事實。

C.似是而非：正確說法與錯誤說法互相摻雜，也就是有點對又不會太對，有點錯又不會太錯。

D.訊息不全：相關說法不夠精準，有時是資料不夠齊全或是有所缺漏，導致訊息不完整。

E.反映真實：說法反映了正確的事實狀況。

依照相同的邏輯，我們也可以考量發出該新聞的動機規模的不同，將「製造偽新聞的意圖程度」同樣區分成五個層次：

a.系統顛覆：為遂行某一政治目的，透過機構的力量刻意連結其他網絡來製造議題，例如國家、政黨等級所散播的偽新聞。

b.塊狀入侵：基於該議題的發酵會帶來的利益價值，刻意製造議題，例如內容農場、傳統媒體、新媒體或自媒體等所製造的偽新聞。

c.點狀推播：因為議題有趣、與生活相關，所以自發地設定與製造該議題，例如個人因為關心某項疾病而製作了帶有偽新聞成分的相關警示訊息。

d. 隨機發生：某些特定時事發生所隨機驅動的議題，例如地震後經常流傳各種逃生方法、流感發生期間謠傳最有效避免傳染飲食法等。

e. 完全無意：在文化與日常生活的情境中，自然而然醞釀出來的議題，例如某些偏方、軼事、傳言等。

進一步將這兩個向度彼此關聯起來，就可以透過排列組合交織出二十五種偽新聞的類型。這麼多種偽新聞都確實存在於我們的生活中，以下便列舉幾個比較具有代表性的類型，例如前述日本關西救災議題的報導，就屬於Bb類型（明顯錯誤／塊狀入侵），原本僅是社群網絡間流傳的訊息，但因為媒體認為這個議題具有話題性，在沒有查證之下做出了錯誤的報導，甚至因為政治因素而刻意誇張或扭曲事實。同理，在選戰中經常出現攻擊敵方陣營的新聞，有的進行假民調模糊視聽，有的編造假議題惡意抹黑，尤其是透過國家力量所進行的介入，就屬Aa類型（完全虛構／系統顛覆）。

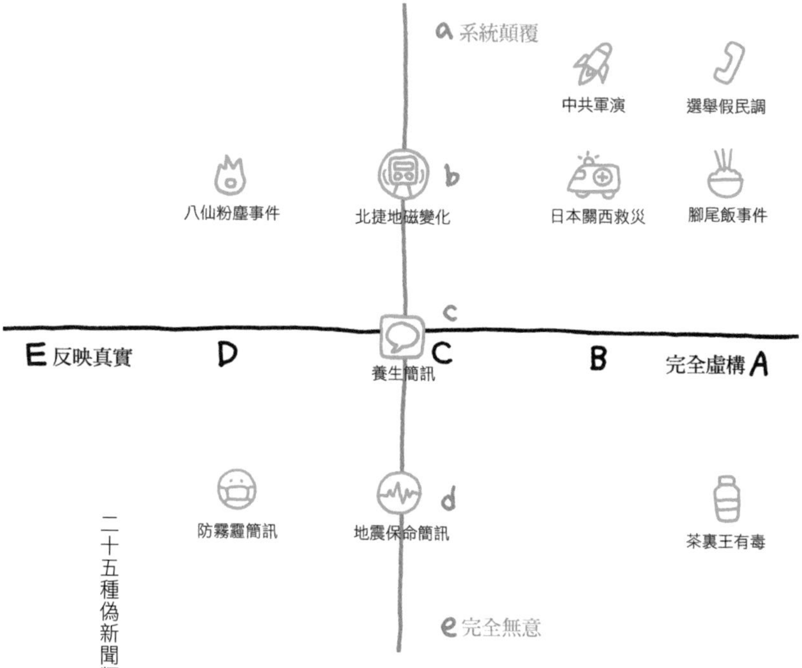

二十五種偽新聞類型及案例。

其他常見的狀況還有內容農場為了追求點閱率所帶來的經濟利益，因此依據各種熱門關鍵字去組織與編排吸睛文章，依據浮誇程度的不同，多數會介於Ab（完全虛構／塊狀入侵）或Bb（明顯錯誤／塊狀入侵），而其他不論是傳統媒體或是新媒體，在追求收視率的前提下，也經常會製造出偽新聞，像是前面章節中所提及多年前震驚社會的「腳尾飯事件」就是其中的典型案例。再例如同樣是前面章節中所提及跨年期間「北捷改變地球磁場」的報導，就是媒體記者分不清楚地磁的「量測值」及「真實值」之間的差別所犯的錯誤，內容似是而非、真假參半，屬於Cb類型（似是而非／塊狀入侵）。其他像是幾年前水上樂園因為舉辦彩色派對，粉塵釀成火災並造成多人死傷的「八仙事件」，在媒體中經常被誇大成「八仙塵爆」的說法；或是長輩文裡面經常會出現沒有出處的防癌資訊、完全無中生有的「教授叫大家不要喝茶裏王」的LINE訊息、引述專家看法卻沒有標示時間點的烏龍防霧霾訊息等，都可在這個架構中找到相對應的位置。

解剖二：假新聞的防制之道

偽新聞類型這麼多元而複雜，幾乎已經成為各個國家社會在資訊傳播的管制上最棘手的問題，在有關偽新聞防治的各種討論中，有人覺得應該完全交由個體去自力救濟，有人主張要透過立法予以管制（至於援用什麼法規也有不同意見），有人期待未來ＡＩ科技成熟可以幫忙偵測最新的偽新聞，有人認為這些都是指標不治本，唯有落實媒體素養教育或是讓更多好新聞可以出現才是根本的解決之道。這些論述都有其立論的依據及背景，也都援用與自己問題情境相應的案例，反而使得討論缺乏交集。

這些意見不容易有交集的原因之一，是因為偽新聞在網路時代被賦予了全新的生命風貌，不僅演化及增生的速度驚人，它的樣態更是難以被窮盡，所以就容易造成討論無法對焦的情形。複雜的問題本來就沒有簡單的答案，對付這樣滑溜的變形蟲，必然需要透過各種不同的處方，猶如雞尾酒療法般多管齊下才可以達到功效。依照前述的二十五種偽新聞類型，可以看出不論是立法遏止、事實查核、媒體素養教育等作法都是必要的，只是在實踐上需要有不一樣的分工，各自有各自的責任區，這個責任區的劃分如下圖。

需要進行法規規範的區域應該要以新聞虛假程度上是「完全虛構」或「明顯錯誤」，在產製意圖上是「系統顛覆」或「塊狀入侵」，兩者所交織的偽新聞範圍作為主要管制區。這些意圖明顯並且足以顛覆社會安定的偽新聞，不宜僅以泛自由主義兩手一攤不加處理，這樣看似民主，但其實很容易被龐大的政治機器上下其手，所以應該要有規範及導正的作為。

各種民間或政府部門所成立的事實查核平臺或新聞澄清專區，則可以偽新聞的防制策略。

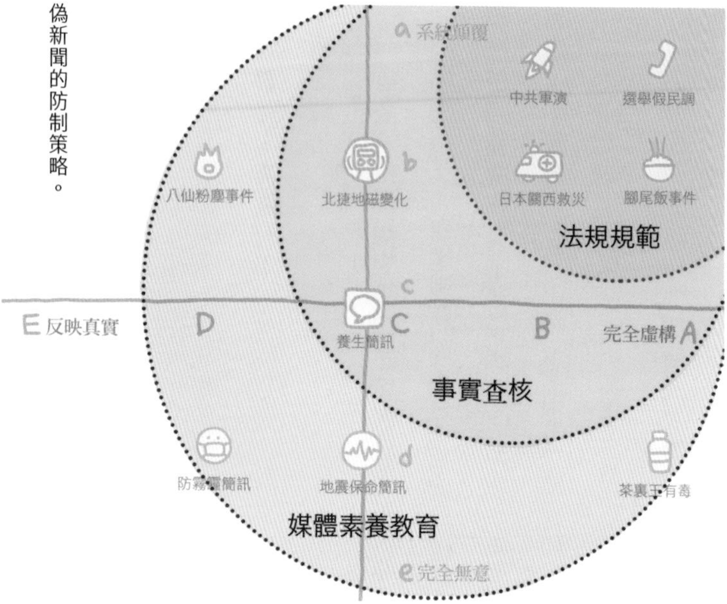
a 系統顛覆
中共軍演
選舉假民調
八仙粉塵事件
b
北捷地磁變化
日本關西救災
腳尾飯事件
法規規範
c
E 反映真實
D
C
養生簡訊
B
完全虛構 A
事實查核
防霧霾簡訊
地震保命簡訊
d
茶裏王有毒
媒體素養教育
e 完全無意

把看管的範圍再擴及虛假程度是「似是而非」，以及在意圖上是「點狀推播」或「隨機發生」的範疇。這個範圍比立法管制區大，但也不是含括所有的類型，因為若防守的範圍過大，不僅查核的速度快不過偽新聞，更會因為無法窮盡所有議題而失靈。先前就發生過官方的即時新聞澄清專區，連運動選手的 Facebook 訊息都拿出來當成政策性澄清，模糊了守備範圍。如果大家覺得「你連這個也要管？」的話，當然就失去了該區域的功能。

最後，剩下未盡的區域，也就是最大的範圍，就應該全部歸給媒體素養教育了，因為剩下的這個區域滲透在我們每一天的生活環節及常民文化中，它甚至是情意、價值及思維模式的綜合體，管道繁多，無孔不入，只有透過提升全民素養才能有效消弭。這部分的修鍊當然是最緩慢，但卻也是唯一可以治本的方法。

當然，即使是透過如此結構化的區分，我們還是會發現裡面仍有許多劃界上的模糊地帶，畢竟偽新聞的性質真的變化得太快了。但是解剖員相信，就像打怪遊戲般，想徹底攻克敵人的陣地，我們只要每個人手上都有一張偽新聞的攻略地圖，並且透過日常生活經驗的累積，進行更詳細的類型定位，就有機會對於偽新聞的問題分進合擊。

解剖總結

二十五種偽新聞類型會不會太多了？這樣怎麼記得住？其實並不成問題，這張圖主要是希望能在大家心中建立意象，每次看見不太尋常的訊息時，都能透過這張圖立即質疑：這則訊息到底有多真？製作這訊息的人到底有什麼意圖？如果訊息能夠成功通過這兩道關卡的篩選，才可以算是有效的訊息，而這正是新媒體時代人人都需要具備的科學傳播素養。

後記

就算世界讓人不清醒，只要你還擁有判讀力

──黃俊儒

為什麼是後記而不是序言？

因為《新媒體判讀力》是科學新聞解剖室「判讀力三部曲」的最後一部曲，我們從一開始就預設用三部曲來細細地談完三十六個經典案例，心想應該可以為這個時代的科學偽新聞做完整註解了吧！但是就在完成本書的同時，我卻也愈來愈不確定，這真的是一篇終局之戰的後記，還是另一幕易籃再戰的序曲？

在書寫本書的這段期間，社會接續發生了偽新聞造成外交官員之死、深假技術再進化、火紅 YouTuber 的潮起潮落等令人又悲傷又驚訝的事，大數據、演算法、AI等資料科學的激烈躍進，徹底改變了現代媒體的樣貌，也重塑了一般大眾的閱聽習慣。現在的網路科技有意無意地製造了許多分眾的陷阱，讓我們各自因為族群、生活環境、社交圈、興趣喜好的差異，而各自被趕往與自己氣味相投的同溫層。這些同溫層固然溫暖但壞處卻不少，除了造成誤以為全世界都跟自己同氣連枝的假象之外，更嚴重的是使人與人之間少了許多可以共同談話的基礎，讓溝通變得意外困難，甚至在有些人身上造成了某種「失語困境」，不同政治立場的人、不同世代的人、不同社會階層的人，因為說不上話而以吵架或衝突收場。在媒體頻道不多的年代，壞處是資訊選擇性不高並且有寡占的風險，但好處是有許多可以互相談論的共通話題；在媒體管道氾濫的今天，固然訊息豐富多元並且自由奔放，但大家在各自的資訊泡泡裡繁花似錦，卻在真實世界啞口無言。

《專業之死》（*The Death of Expertise*）的作者湯姆．尼可斯（Tom Nichols）就提到，一般民眾的互動過程中，彼此互看不順眼，然後吵成一團的原因不外是下列三點：一、自我矛盾；二、道聽塗說或以訛傳訛；三、自己也僅一知半解，加上禁不太起考驗的消息來源。這些狀況最明顯的莫過於政治選舉，總會因為立場不同而爆發爭執，但是選舉畢竟久久才一次，日常生活裡各種柴米油鹽的訊息判讀，可能才是態度及能力養成的重要關鍵，如果民眾對於各種切身相關的議題總是抱持著關心但不求甚解的態度，最後也就造成了偽新聞得以不斷滋生的溫床。就像社群媒體所助長的逆火效應（Backfire Effect），讓我們有更多機會去激發「見笑轉生氣」的任性，「不是真的又如何？我偏偏就是要這樣！」這種賭氣讓「後真實的世界」不發生也難。因此在資訊解放的現代社會裡，看似讓我們擁有了更多判斷事情真偽的利器，但事實卻好像不是如此，我們的判讀能力可能都不進反退了。

不管哪個年代，不同形式的「媒體」終究是人類交換知識及經驗的重要來源，但是現在這個世界卻額外給大家出了一道特殊難題，就是在享用內容前還得先對於消息來源具有好的判讀力，像是得先將媒體訊息送去安檢一樣，通過了才能真正享受那些新知所帶來的功能及有效性。世界變化之快，每個人都不可能在學校裡習得未來進入社會後所需要具備的一切知識和技能，我們甚至很難斷言再過五年、十年，這個世界的媒體又會變成什麼樣貌！

科學新聞解剖室的宗旨並不是把自己當作是遇到偽新聞就立即現身的打假英雄，要知道偽新聞就像是變形蟲跟雜草的組合體，野火燒不盡，春風吹又生，除非擁有斬草除根的判讀能力，否則很難根絕這些惱人的增生蔓延。所以我們把自己定位為協助一般民眾鍛鍊判讀力的團隊，因為只有掌握能夠對於現代資訊不斷進行剖析與解讀的判讀力，才可以真正在這個世道裡過得安穩。

在完成最後一部曲的同時，也剛好遇見臺灣十二年國教一〇八課綱正式上路，綱要中將「科技資訊與媒體素養」列入主要的「核心素養」之一，如果這系列書籍內容可以藉此豐富課綱裡的教材，並讓更廣大的學子受益，那真會是令人欣喜的發展。當然事情也可能不盡然會如此完美發展，原本我一直想像在提供了三十六個經典案例之後，我們應該已經囊括了所有科學偽新聞的作怪模式，在這三部曲完成後，科學新聞解剖室就可以收工了，但是眼看著愈來愈神奇的新媒體發展，加上未來各種人工智慧科技的攪局，讓這項工作很難樂觀地就定格在這最後一部曲上。

不過，任何工作總是會有階段性目標，就算世界如此讓人不清醒，但我深信只要擁有好的判讀力，就像擁有了「他強由他強，清風拂山崗」的配備，定能制伏那些頑強的偽新聞。所以是序言還是後記，就不是那麼重要了。

作者列表

篇序	篇名	策劃／寫作（解剖員編號）
1-1	親愛的，我把恐龍變彩色了?!	001
1-2	性、謊言、AV片：科學家的胸部干你屁事?!	001 002
1-3	章魚哥閃邊去，霍金才是世界盃神算子?!	023 002 001
2-1	萬磁王降臨，臺北捷運跨年夜又要改變磁場了嗎?!	018 002 001
2-2	專家背書事件簿再一筆：吃糖會活化癌細胞?!	017 001 002
2-3	睡前滑手機八分鐘，相當於晚睡一小時?!	021 002 001
3-1	熱苦瓜水能抗癌並救你一輩子，境外專家背書就可信嗎?!	018 023 001 002（按作者姓氏筆畫排序）
3-2	每天睡前吃一點，不出一週白髮不見了！你試過了嗎?!	018 023 001 002（按作者姓氏筆畫排序）
3-3	驚！奇！十大驚奇小常識，真的又驚又奇嗎?!	001 002 021 018 019 017 015 022 020
4-1	六種你不能不知道的作假新手法	001 002 018 021 023 020
4-2	八種你不能不當心的廣告新手法	001 002 023 018 021 020 024
4-3	二十五種你不能不認識的假新聞類型	001

Critical thinking in living:
Don't let your life
be misled by
fake science news

新生活判讀力
別讓科學偽新聞誤導你的人生

謠言像病毒一樣四處蔓延，你無法消滅病毒，但可以強化自己的抗體！

老師說——水逆導致3C產品故障，信念可以轉移颱風……，你聽或不聽？

新聞報導——濾掛式咖啡會溶出致癌物，吃鹽酥雞恐得大腸癌……，你吃還是不吃？

科學家發現——狗狗不喜歡被抱，世界末日將屆……，你信或不信？

小心！你即將掉入偽新聞的陷阱！

沒有人能正確判斷每一則科學新聞的真偽，
也沒有人能輕易認定所有食安或健康訊息的對錯，
你唯一的應對之法，就是抱持著質疑的態度；
或者，追隨科學新聞解剖室，學習判讀的能力
——讓自己的人生不再被誤導！

第74梯次
好書大家讀
優良少年兒童讀物

2018 Readmoo
百大暢銷電子書
（自然科普類）

《新生活判讀力：別讓科學偽新聞誤導你的人》

科學新聞解剖室第二部作品 | 黃俊儒總策劃

ISBN：9789869536714 | 彩色印刷．定價340元

內容簡介

※讓科學拉你的人生一把

1-1 你悲慘的人生，真的是因為水逆嗎?!

1-2 宣揚禱告的效能就必然得跟科學過不去嗎?!

1-3 心存善念救地球：情緒可以改變世界?!

1-4 別自作多情了，狗狗其實不喜歡被抱?!

※逃出科學偽新聞的陷阱

2-1 室內晾衣就等於慢性自殺?!

2-2 天天一杯毒：濾掛式咖啡溶出致癌物?!

2-3 教授說「茶裏王」有毒，你就信了嗎?!

2-4 一週四次鹽酥雞，年紀輕輕死於大腸癌?!

※培養判讀力迎接新生活

3-1 霍金也在世界末日的傳說中參一腳?!

3-2 幹──細胞無所不能，是養顏美容第一聖品?

3-3 從奶嘴到保險套都致癌，臺灣生育率還有救

3-4 日本博多車站的工程傳說是神話還是鬼扯?!

系列——知無涯08

新媒體判讀力：用科學思惟讓假新聞無所遁形

總策劃　黃俊儒
作　者　「科學新聞解剖室」作者群：黃俊儒、賴雁蓉、羅尹悅、蔡旻諭、陳儀珈、隋昱嬋、蘇芸巧、范育綺、羅沐深、曾雅榮、許芝旖
繪　者　劉嘉圭（beat）
校　對　黃俊儒、賴雁蓉
封面設計　劉嘉圭
視覺設計　厚厚設計
總編輯　顏少鵬
發行人　顧瑞雲
出版者　方寸文創事業有限公司
地　址　臺北市106大安區忠孝東路四段221號10樓
傳　真　(02) 8771-0677
客服信箱　ifangcun@gmail.com
出版訊息　方寸之間　http://ifangcun.blogspot.tw
精彩試閱　方寸文創　http://medium.com/@ifangcun
FB粉絲團　方寸之間　http://www.facebook.com/ifangcun
限量品商店　方寸文創（蝦皮）　http://shopee.tw/fangcun
法律顧問　郭亮鈞律師
印務協力　蔡慧華
印刷廠　華展彩色印刷股份有限公司
總經銷　時報文化出版企業股份有限公司
地　址　桃園市333龜山區萬壽路二段351號
電　話　(02) 2306-6842

國家圖書館出版品預行編目（CIP）資料

新媒體判讀力：用科學思惟讓假新聞無所遁形 | 黃俊儒等作
| 初版 | 臺北市：方寸文創 | 2020.3 | 216面 | 21x14公分
（知無涯系列：8）| ISBN 978-986-95367-6-9（平裝）

1.科學新聞 2.新聞媒體 3.媒體倫理

895.36　　108021434

ISBN　9789869536769
初版一刷　2020年3月
定　價　新臺幣320元

享用媒體內容前還得先對於消息來源具有好的判讀力，才能真正享受那些新知所帶來的功能及有效性。

Printed in Taiwan